« 813 »

LES TROIS CRIMES D'ARSÈNE LUPIN

Maurice Leblanc est né en 1864 à Rouen. Après des études de droit, il se lance dans le journalisme. En 1907 paraît son premier ouvrage « policier » : *Arsène Lupin, gentleman cambrioleur*. Le personnage devient immédiatement populaire et Leblanc en fait le héros d'une longue série d'aventures. Au total trente récits, parmi lesquels *Arsène Lupin contre Herlock Sholmès* (1908), *L'Aiguille creuse* (1909), *Le Bouchon de cristal* (1912), *Les Huits Coups de l'horloge* (1921), *La Cagliostro se venge* (1935)… Maurice Leblanc est mort en 1941 à Perpignan.

D1715805

Paru au Livre de Poche :

813 : La Double Vie d'Arsène Lupin
L'Agence Barnett et Cie
L'Aiguille creuse
L'Arrestation d'Arsène Lupin
Arsène Lupin contre Herlock Sholmès
Arsène Lupin, gentleman cambrioleur
La Barre-y-va
Le Bouchon de cristal
Le Cabochon d'émeraude *précédé de*
L'Homme à la peau de bique
La Cagliostro se venge
Le Collier de la reine *et autres nouvelles*
La Comtesse de Cagliostro
Les Confidences d'Arsène Lupin
La Demeure mystérieuse
La Demoiselle aux yeux verts
Les Dents du tigre
Le Dernier Amour d'Arsène Lupin
Dorothée, danseuse de corde
L'Éclat d'obus
La Femme aux deux sourires
Le Formidable Événement
Les Huit Coups de l'horloge
L'Île aux trente cercueils
Les Plus Belles Aventures d'Arsène Lupin *(Majuscules)*
Le Triangle d'or
Les Trois Yeux
Victor, de la brigade mondaine
La Vie extravagante de Balthazar

MAURICE LEBLANC

« *813* »

Les Trois Crimes d'Arsène Lupin

LE LIVRE DE POCHE

NOTE DE L'ÉDITEUR

On se souvient que la première partie de cette mystérieuse affaire (voir « *813* » : *la double vie d'Arsène Lupin,* Le Livre de Poche, n° 4062) s'achevait par l'arrestation d'Arsène Lupin, alias M. Lenormand, chef de la Sûreté depuis quatre ans. Mais que le lecteur se rassure : même à l'abri derrière les murs de la Santé, notre génial gentleman cambrioleur n'a pas dit son dernier mot…

© 1966, Librairie Générale Française et Claude Leblanc.
ISBN : 978-2-253-06782-5 – 1re publication LGF

SANTÉ-PALACE

I

Ce fut dans le monde entier une explosion de rires. Certes, la capture d'Arsène Lupin produisit une grosse sensation, et le public ne marchanda pas à la police les éloges qu'elle méritait pour cette revanche si longtemps espérée et si pleinement obtenue. Le grand aventurier était pris. L'extraordinaire, le génial, l'invisible héros se morfondait, comme les autres, entre les quatre murs d'une cellule, écrasé à son tour par cette puissance formidable qui s'appelle la Justice et qui, tôt ou tard, fatalement, brise les obstacles qu'on lui oppose et détruit l'œuvre de ses adversaires.

Tout cela fut dit, imprimé, répété, commenté, rabâché. Le préfet de police eut la croix de Commandeur, M. Weber, la croix d'Officier. On exalta l'adresse et le courage de leurs plus modestes collaborateurs. On applaudit. On chanta victoire. On fit des articles et des discours.

Soit ! Mais quelque chose cependant domina ce merveilleux concert d'éloges, cette allégresse bruyante, ce fut un rire fou, énorme, spontané, inextinguible et tumultueux.

Arsène Lupin, depuis quatre ans, était chef de la Sûreté ! ! !

Il l'était depuis quatre ans ! Il l'était réellement, légalement, avec tous les droits que ce titre confère, avec l'estime de ses chefs, avec la faveur du gouvernement, avec l'admiration de tout le monde.

Depuis quatre ans le repos des habitants et la

défense de la propriété étaient confiés à Arsène Lupin.
Il veillait à l'accomplissement de la loi. Il protégeait
l'innocent et poursuivait le coupable.

Et quels services il avait rendus ! Jamais l'ordre
n'avait été moins troublé, jamais le crime découvert
plus sûrement et plus rapidement ! Qu'on se rappelle
l'affaire Denizou, le vol du Crédit Lyonnais, l'attaque
du rapide d'Orléans, l'assassinat du baron Dorf...
autant de triomphes imprévus et foudroyants, autant
de ces magnifiques prouesses que l'on pouvait com-
parer aux plus célèbres victoires des plus illustres
policiers.

Jadis, dans un de ses discours, à l'occasion de
l'incendie du Louvre et de la capture des coupables, le
président du Conseil Valenglay, pour défendre la
façon un peu arbitraire dont M. Lenormand avait agi,
s'était écrié :

« Par sa clairvoyance, par son énergie, par ses qua-
lités de décision et d'exécution, par ses procédés inat-
tendus, par ses ressources inépuisables, M. Lenormand nous rappelle le seul homme qui eût pu, s'il
vivait encore, lui tenir tête, c'est-à-dire Arsène Lupin.
M. Lenormand, c'est un Arsène Lupin au service de la
société. »

Et voilà que M. Lenormand n'était autre qu'Arsène
Lupin !

Qu'il fût prince russe, on s'en souciait peu ! Lupin
était coutumier de ces métamorphoses. Mais chef de
la Sûreté ! Quelle ironie charmante ! Quelle fantaisie
dans la conduite de cette vie extraordinaire entre
toutes !

M. Lenormand ! Arsène Lupin !

On s'expliquait aujourd'hui les tours de force, mira-
culeux en apparence, qui récemment encore avaient
confondu la foule et déconcerté la police. On comprenait l'escamotage de son complice en plein Palais de
justice, en plein jour, à la date fixée. Lui-même ne
l'avait-il pas dit : « Quand on saura la simplicité des
moyens que j'ai employés pour cette évasion, on sera

stupéfait. C'est tout cela, dira-t-on ? Oui, c'est tout cela, mais il fallait y penser. »

C'était en effet d'une simplicité enfantine : il suffisait d'être chef de la Sûreté.

Or, Lupin était chef de la Sûreté, et tous les agents, en obéissant à ses ordres, se faisaient les complices involontaires et inconscients de Lupin.

La bonne comédie ! Le bluff admirable ! La farce monumentale et réconfortante à notre époque de veulerie ! Bien que prisonnier, bien que vaincu irrémédiablement, Lupin, malgré tout, était le grand vainqueur. De sa cellule, il rayonnait sur Paris. Plus que jamais il était l'idole, plus que jamais le Maître !

En s'éveillant le lendemain dans son appartement de « Santé-Palace » comme il le désigna aussitôt, Arsène Lupin eut la vision très nette du bruit formidable qu'allait produire son arrestation sous le double nom de Sernine et de Lenormand, et sous le double titre de prince et de chef de la Sûreté.

Il se frotta les mains et formula :

« Rien n'est meilleur pour tenir compagnie à l'homme solitaire que l'approbation de ses contemporains. O gloire ! soleil des vivants !... »

A la clarté, sa cellule lui plut davantage encore. La fenêtre, placée haut, laissait apercevoir les branches d'un arbre au travers duquel on voyait le bleu du ciel. Les murs étaient blancs. Il n'y avait qu'une table et une chaise, attachées au sol. Mais tout cela était propre et sympathique.

« Allons, dit-il, une petite cure de repos ici ne manquera pas de charme... Mais procédons à notre toilette... Ai-je tout ce qu'il me faut ?... Non... En ce cas, deux coups pour la femme de chambre. »

Il appuya, près de la porte, sur un mécanisme qui déclencha dans le couloir un disque-signal.

Au bout d'un instant, des verrous et des barres de fer furent tirés à l'extérieur, la serrure fonctionna, et un gardien apparut.

« De l'eau chaude, mon ami », dit Lupin.

L'autre le regarda, à la fois ahuri et furieux.

« Ah ! s'écria Lupin, et une serviette-éponge !
Sapristi ! il n'y a pas de serviette-éponge ! »

L'homme grommela :

« Tu te fiches de moi, n'est-ce pas ? ça n'est pas à
faire. »

Il se retirait, lorsque Lupin lui saisit le bras violemment :

« Cent francs, si tu veux porter une lettre à la
poste. »

Il tira de sa poche un billet de cent francs, qu'il avait
soustrait aux recherches, et le tendit.

« La lettre... fit le gardien, en prenant l'argent.

— Voilà !... le temps de l'écrire. »

Il s'assit à la table, traça quelques mots au crayon
sur une feuille qu'il glissa dans une enveloppe et inscrivit :

Monsieur S. B. 42.
Poste restante, Paris.

Le gardien prit la lettre et s'en alla.

« Voilà une missive, se dit Lupin, qui ira à son
adresse aussi sûrement que si je la portais moi-même.
D'ici une heure tout au plus, j'aurai la réponse. Juste le
temps nécessaire pour me livrer à l'examen de ma
situation. »

Il s'installa sur sa chaise et, à demi-voix, il résuma :

« Somme toute, j'ai à combattre actuellement deux
adversaires : 1° La société qui me tient et dont je me
moque ; 2° Un personnage inconnu qui ne me tient
pas, mais dont je ne me moque nullement. C'est lui qui
a prévenu la police que j'étais Sernine. C'est lui qui a
deviné que j'étais M. Lenormand. C'est lui qui a fermé
la porte du souterrain, et c'est lui qui m'a fait fourrer
en prison. »

Arsène Lupin réfléchit une seconde, puis continua :

« Donc, en fin de compte, la lutte est entre lui et moi.
Et pour soutenir cette lutte, c'est-à-dire pour découvrir et réaliser l'affaire Kesselbach, je suis, moi, empri-
sonné, tandis qu'il est, lui, libre, inconnu, inaccessi-

ble, qu'il dispose des deux atouts que je croyais avoir,
Pierre Leduc et le vieux Steinweg... — bref, qu'il tou-
che au but, après m'en avoir éloigné définitivement. »

Nouvelle pause méditative, puis nouveau mono-
logue :

« La situation n'est pas brillante. D'un côté tout, de
l'autre rien. En face de moi un homme de ma force,
plus fort, même, puisqu'il n'a pas les scrupules dont je
m'embarrasse. Et pour l'attaquer, point d'armes. »

Il répéta plusieurs fois ces derniers mots d'une voix
machinale, puis il se tut, et, prenant son front entre ses
mains, il resta longtemps pensif.

« Entrez, monsieur le directeur, dit-il en voyant la
porte s'ouvrir.

— Vous m'attendiez donc ?

— Ne vous ai-je pas écrit, monsieur le directeur,
pour vous prier de venir ? Or, je n'ai pas douté une
seconde que le gardien vous portât ma lettre. J'en ai si
peu douté que j'ai inscrit sur l'enveloppe vos initiales :
S. B. et votre âge : 42. »

Le directeur s'appelait, en effet, Stanislas Borély, et
il était âgé de quarante-deux ans. C'était un homme de
figure agréable, doux de caractère, et qui traitait les
détenus avec autant d'indulgence que possible. Il dit à
Lupin :

« Vous ne vous êtes pas mépris sur la probité de mon
subordonné. Voici votre argent. Il vous sera remis lors
de votre libération... Maintenant vous allez repasser
dans la chambre de « fouille ».

Lupin suivit M. Borély dans la petite pièce réservée
à cet usage, se déshabilla, et, tandis que l'on visitait ses
vêtements avec une méfiance justifiée, subit lui-même
un examen des plus méticuleux.

Il fut ensuite réintégré dans sa cellule et M. Borély
prononça :

« Je suis plus tranquille. Voilà qui est fait.

— Et bien fait, monsieur le directeur. Vos gens
apportent, à ces fonctions, une délicatesse dont je
tiens à les remercier par ce témoignage de ma satisfaction. »

Il donna un billet de cent francs à M. Borély qui fit un haut-le-corps.

« Ah ! ça, mais... d'où vient ?

— Inutile de vous creuser la tête, monsieur le directeur. Un homme comme moi, menant la vie qu'il mène, est toujours prêt à toutes les éventualités, et aucune mésaventure, si pénible qu'elle soit, ne le prend au dépourvu, pas même l'emprisonnement. »

Il saisit entre le pouce et l'index de sa main droite le médius de la main gauche, l'arracha d'un coup sec, et le présenta tranquillement à M. Borély.

« Ne sautez pas ainsi, monsieur le directeur. Ceci n'est pas mon doigt, mais un simple tube en baudruche, artistement colorié, et qui s'applique exactement sur mon médius, de façon à donner l'illusion du doigt réel. »

Et il ajouta en riant :

« Et de façon, bien entendu, à dissimuler un troisième billet de cent francs... Que voulez-vous ? On a le porte-monnaie que l'on peut... et il faut bien mettre à profit... »

Il s'arrêta devant la mine effarée de M. Borély.

« Je vous en prie, monsieur le directeur, ne croyez pas que je veuille vous éblouir avec mes petits talents de société. Je voudrais seulement vous montrer que vous avez affaire à un... client de nature un peu... spéciale... et vous dire qu'il ne faudra pas vous étonner si je me rends coupable de certaines infractions aux règles ordinaires de votre établissement. »

Le directeur s'était repris. Il déclara nettement :

« Je veux croire que vous vous conformerez à ces règles, et que vous ne m'obligerez pas à des mesures de rigueur...

— Qui vous peineraient, n'est-ce pas, monsieur le directeur ? C'est précisément cela que je voudrais vous épargner en vous prouvant d'avance qu'elles ne m'empêcheraient pas d'agir à ma guise, de correspondre avec mes amis, de défendre à l'extérieur les graves intérêts qui me sont confiés, d'écrire aux journaux soumis à mon inspiration, de poursuivre l'accomplissement de mes projets, et, en fin de compte, de préparer mon évasion.

— Votre évasion ! »

Lupin se mit à rire de bon cœur.

« Réfléchissez, monsieur le directeur... ma seule excuse d'être en prison est d'en sortir. »

L'argument ne parut pas suffisant à M. Borély. Il s'efforça de rire à son tour.

« Un homme averti en vaut deux...

— C'est ce que j'ai voulu. Prenez toutes les précautions, monsieur le directeur, ne négligez rien, pour que plus tard on n'ait rien à vous reprocher. D'autre part je m'arrangerai de telle manière que quels que soient les ennuis que vous aurez à supporter du fait de cette évasion, votre carrière du moins n'en souffre pas. Voilà ce que j'avais à vous dire, monsieur le directeur. Vous pouvez vous retirer. »

Et, tandis que M. Borély s'en allait, profondément troublé par ce singulier pensionnaire, et fort inquiet sur les événements qui se préparaient, le détenu se jetait sur son lit en murmurant :

« Eh bien, mon vieux Lupin, tu en as du culot ! On dirait en vérité que tu sais déjà comment tu sortiras d'ici ! »

II

La prison de la Santé est bâtie d'après le système du rayonnement. Au centre de la partie principale, il y a un rond-point d'où convergent tous les couloirs, de telle façon qu'un détenu ne peut sortir de sa cellule sans être aperçu aussitôt par les surveillants postés dans la cabine vitrée qui occupe le milieu de ce rond-point.

Ce qui étonne le visiteur qui parcourt la prison, c'est de rencontrer à chaque instant des détenus sans escorte, et qui semblent circuler comme s'ils étaient libres. En réalité, pour aller d'un point à un autre, de leur cellule, par exemple, à la voiture pénitentiaire qui les attend dans la cour pour les mener au Palais de justice, c'est-à-dire à l'instruction, ils franchissent des lignes droites dont chacune est terminée par une porte que leur ouvre un gardien, lequel gardien est chargé uniquement d'ouvrir cette porte et de surveiller les deux lignes droites qu'elle commande.

Et ainsi les prisonniers, libres en apparence, sont envoyés de porte en porte, de regard en regard, comme des colis qu'on se passe de main en main.

Dehors, les gardes municipaux reçoivent l'objet, et l'insèrent dans un des rayons du « panier à salade ».

Tel est l'usage.

Avec Lupin il n'en fut tenu aucun compte.

On se défia de cette promenade à travers les couloirs. On se défia de la voiture cellulaire. On se défia de tout.

M. Weber vint en personne, accompagné de douze agents — ses meilleurs, des hommes de choix, armés jusqu'aux dents —, cueillit le redoutable prisonnier au seuil de sa chambre, et le conduisit dans un fiacre dont le cocher était un de ses hommes. A droite et à gauche, devant et derrière, trottaient des municipaux.

« Bravo ! s'écria Lupin, on a pour moi des égards qui me touchent. Une garde d'honneur. Peste, Weber, tu as le sens de la hiérarchie, toi ! Tu n'oublies pas ce que tu dois à ton chef immédiat. »

Et, lui frappant l'épaule :

« Weber, j'ai l'intention de donner ma démission. Je te désignerai comme mon successeur.

— C'est presque fait, dit Weber.

— Quelle bonne nouvelle ! J'avais des inquiétudes sur mon évasion. Je suis tranquille maintenant. Dès l'instant où Weber sera chef des services de la Sûreté... »

M. Weber ne releva pas l'attaque. Au fond il éprouvait un sentiment bizarre et complexe en face de son adversaire, sentiment fait de la crainte que lui inspirait Lupin, de la déférence qu'il avait pour le prince Sernine et de l'admiration respectueuse qu'il avait toujours témoignée à M. Lenormand. Tout cela mêlé de rancune, d'envie et de haine satisfaite.

On arrivait au Palais de justice. Au bas de la « Souricière », des agents de la Sûreté attendaient, parmi lesquels M. Weber se réjouit de voir ses deux meilleurs lieutenants, les frères Doudeville.

« M. Formerie est là ? leur dit-il.

— Oui, chef, M. le juge d'instruction est dans son cabinet. »

M. Weber monta l'escalier, suivi de Lupin que les Doudeville encadraient.

« Geneviève ? murmura le prisonnier.

— Sauvée...

— Où est-elle ?

— Chez sa grand-mère.

— Mme Kesselbach ?

— A Paris, hôtel Bristol.

— Suzanne ?

— Disparue.

— Steinweg ?

— Nous ne savons rien.

— La villa Dupont est gardée ?

— Oui.

— La presse de ce matin est bonne ?

— Excellente.

— Bien. Pour m'écrire, voilà mes instructions. »

Ils parvenaient au couloir intérieur du premier étage. Lupin glissa dans la main d'un des frères une petite boulette de papier.

M. Formerie eut une phrase délicieuse, lorsque Lupin entra dans son cabinet en compagnie du sous-chef.

« Ah ! vous voilà ! Je ne doutais pas que, un jour ou l'autre, nous ne mettrions la main sur vous.

— Je n'en doutais pas non plus, monsieur le juge d'instruction, dit Lupin, et je me réjouis que ce soit vous que le destin ait désigné pour rendre justice à l'honnête homme que je suis. »

« Il se fiche de moi », pensa M. Formerie.

Et, sur le même ton ironique et sérieux, il riposta :

« L'honnête homme que vous êtes, monsieur, doit s'expliquer pour l'instant sur trois cent quarante-quatre affaires de vol, cambriolage, escroquerie, faux, chantage, recel, etc. Trois cent quarante-quatre !

— Comment ! Pas plus ? s'écria Lupin. Je suis vraiment honteux.

— L'honnête homme que vous êtes doit s'expliquer aujourd'hui sur l'assassinat du sieur Altenheim.

— Tiens, c'est nouveau, cela. L'idée est de vous, monsieur le juge d'instruction ?

— Précisément.

— Très fort ! En vérité, vous faites des progrès, monsieur Formerie.

— La position dans laquelle on vous a surpris ne laisse aucun doute.

— Aucun, seulement, je me permettrai de vous demander ceci : de quelle blessure est mort Alten-heim ?

— D'une blessure à la gorge faite par un couteau.

— Et où est ce couteau ?

— On ne l'a pas retrouvé.

— Comment ne l'aurait-on pas retrouvé, si c'était moi l'assassin, puisque j'ai été surpris à côté même de l'homme que j'aurais tué ?

— Et selon vous, l'assassin ?...

— N'est autre que celui qui a égorgé M. Kesselbach, Chapman, etc. La nature de la plaie est une preuve suffisante.

— Par où se serait-il échappé ?

— Par une trappe que vous découvrirez dans la salle même où le drame a eu lieu. »

M. Formerie eut un air fin.

« Et comment se fait-il que vous n'ayez pas suivi cet exemple salutaire ?

— J'ai tenté de le suivre. Mais l'issue était barrée par une porte que je n'ai pu ouvrir. C'est pendant cette tentative que *l'autre* est revenu dans la salle, et qu'il a tué son complice par peur des révélations que celui-ci n'aurait pas manqué de faire. En même temps il dissimulait au fond du placard, où on l'a trouvé, le paquet de vêtements que j'avais préparé.

— Pourquoi ces vêtements ?

— Pour me déguiser. En venant aux Glycines, mon dessein était celui-ci : livrer Altenheim à la justice, me supprimer comme prince Sernine, et réapparaître sous les traits...

— De M. Lenormand, peut-être ?

— Justement.

— Non.

— Quoi ? »

M. Formerie souriait d'un air narquois et remuait son index de droite à gauche, et de gauche à droite.

« Non, répéta-t-il.

— Quoi, non ?

— L'histoire de M. Lenormand... C'est bon pour le public, ça, mon ami. Mais vous ne ferez pas gober à M. Formerie que Lupin et Lenormand ne faisaient qu'un. »

Il éclata de rire.

« Lupin, chef de la Sûreté ! non ! tout ce que vous voudrez, mais pas ça ! il y a des bornes... Je suis un bon garçon... mais tout de même... Voyons, entre nous, pour quelle raison cette nouvelle bourde ? J'avoue que je ne vois pas bien... »

Lupin le regarda avec ahurissement. Malgré tout ce qu'il savait de M. Formerie, il n'imaginait pas un tel degré d'infatuation et d'aveuglement. La double personnalité du prince Sernine n'avait pas à l'heure actuelle un seul incrédule. M. Formerie seul...

Lupin se retourna vers le sous-chef qui écoutait, bouche béante.

« Mon cher Weber, votre avancement me semble tout à fait compromis. Car enfin, si M. Lenormand n'est pas moi, c'est qu'il existe... et s'il existe, je ne doute pas que M. Formerie, avec tout son flair, ne finisse par le découvrir... auquel cas...

— On le découvrira, monsieur Lupin, s'écria le juge d'instruction... Je m'en charge et j'avoue que la confrontation entre vous et lui ne sera pas banale. »

Il s'esclaffait, jouait du tambour sur la table.

« Que c'est amusant ! Ah ! on ne s'ennuie pas avec vous. Ainsi, vous seriez M. Lenormand, et c'est vous qui auriez fait arrêter votre complice Marco !

— Parfaitement ! Ne fallait-il pas faire plaisir au président du Conseil et sauver le Cabinet ? Le fait est historique. »

M. Formerie se tenait les côtes.

« Ah ! ça, c'est à mourir ! Dieu, que c'est drôle ! La réponse fera le tour du monde. Et alors, selon votre système, c'est avec vous que j'aurais fait l'enquête du début au Palace, après l'assassinat de M. Kesselbach ?...

— C'est bien avec moi que vous avez suivi l'affaire du diadème quand j'étais duc de Charmerace [1] », riposta Lupin d'une voix sarcastique.

1. *Arsène Lupin*, pièce en 4 actes.

M. Formerie tressauta, toute sa gaieté abolie par ce souvenir odieux. Subitement grave, il prononça.

« Donc, vous persistez dans ce système absurde ?

— J'y suis obligé parce que c'est la vérité. Il vous sera facile, en prenant le paquebot pour la Cochinchine, de trouver à Saigon les preuves de la mort du véritable M. Lenormand, du brave homme auquel je me suis substitué, et dont je vous ferai tenir l'acte de décès.

— Des blagues !

— Ma foi, monsieur le juge d'instruction, je vous confesserai que cela m'est tout à fait égal. S'il vous déplaît que je sois M. Lenormand, n'en parlons plus. S'il vous plaît que j'aie tué Altenheim, à votre guise. Vous vous amuserez à fournir des preuves. Je vous le répète, tout cela n'a aucune importance pour moi. Je considère toutes vos questions et toutes mes réponses comme nulles et non avenues. Votre instruction ne compte pas, pour cette bonne raison que je serai au diable vauvert quand elle sera achevée. Seulement... »

Sans vergogne, il prit une chaise et s'assit en face de M. Formerie de l'autre côté du bureau. Et d'un ton sec :

« Il y a un seulement, et le voici : vous apprendrez, monsieur, que, malgré les apparences et malgré vos intentions, je n'ai pas, moi, l'intention de perdre mon temps. Vous avez vos affaires... j'ai les miennes. Vous êtes payé pour faire les vôtres. Je fais les miennes... et je me paie. Or, l'affaire que je poursuis actuellement est de celles qui ne souffrent pas une minute de distraction, pas une seconde d'arrêt dans la préparation et dans l'exécution des actes qui doivent la réaliser. Donc, je la poursuis, et comme vous me mettez dans l'obligation passagère de me tourner les pouces entre les quatre murs d'une cellule, c'est vous deux, messieurs, que je charge de mes intérêts. C'est compris ? »

Il était debout, l'attitude insolente et le visage dédaigneux, et telle était la puissance de domination de cet homme que ses deux interlocuteurs n'avaient pas osé l'interrompre.

M. Formerie prit le parti de rire, en observateur qui se divertit.

« C'est drôle ! C'est cocasse !

— Cocasse ou non, monsieur, c'est ainsi qu'il en sera. Mon procès, le fait de savoir si j'ai tué ou non, la recherche de mes antécédents, de mes délits ou forfaits passés, autant de fariboles auxquelles je vous permets de vous distraire, pourvu, toutefois, que vous ne perdiez pas de vue un instant le but de votre mission.

— Qui est ? demanda M. Formerie, toujours goguenard.

— Qui est de vous substituer à moi dans mes investigations relatives au projet de M. Kesselbach et notamment de découvrir le sieur Steinweg, sujet allemand, enlevé et séquestré par feu le baron Altenheim.

— Qu'est-ce que c'est que cette histoire-là ?

— Cette histoire-là est de celles que je gardais pour moi quand j'étais... ou plutôt quand je croyais être M. Lenormand. Une partie s'en déroula dans mon cabinet, près d'ici, et Weber ne doit pas l'ignorer entièrement. En deux mots, le vieux Steinweg connaît la vérité sur ce mystérieux projet que M. Kesselbach poursuivait, et Altenheim, qui était également sur la piste, a escamoté le sieur Steinweg.

— On n'escamote pas les gens de la sorte. Il est quelque part, ce Steinweg.

— Sûrement.

— Vous savez où ?

— Oui.

— Je serais curieux...

— Il est au numéro 29 de la villa Dupont. »

M. Weber haussa les épaules.

« Chez Altenheim, alors ? dans l'hôtel qu'il habitait ?

— Oui.

— Voilà bien le crédit qu'on peut attacher à toutes ces bêtises ! Dans la poche du baron, j'ai trouvé son adresse. Une heure après, l'hôtel était occupé par mes hommes ! »

Lupin poussa un soupir de soulagement.

« Ah ! la bonne nouvelle ! Moi qui redoutais l'intervention du complice de celui que je n'ai pu atteindre, et un second enlèvement de Steinweg. Les domestiques ?

— Partis !

— Oui, un coup de téléphone de l'autre les aura prévenus. Mais Steinweg est là. »

M. Weber s'impatienta :

« Mais il n'y a personne, puisque je vous répète que mes hommes n'ont pas quitté l'hôtel.

— Monsieur le sous-chef de la Sûreté, je vous donne le mandat de perquisitionner vous-même dans l'hôtel de la villa Dupont... Vous me rendrez compte demain du résultat de votre perquisition. »

M. Weber haussa de nouveau les épaules, et sans relever l'impertinence :

« J'ai des choses plus urgentes...

— Monsieur le sous-chef de la Sûreté, il n'y a rien de plus urgent. Si vous tardez, tous mes plans sont à l'eau. Le vieux Steinweg ne parlera jamais.

— Pourquoi ?

— Parce qu'il sera mort de faim si d'ici un jour, deux jours au plus, vous ne lui apportez pas de quoi manger. »

« Très grave... Très grave... murmura M. Formerie après une minute de réflexion. Malheureusement... »

Il sourit.

« Malheureusement, votre révélation est entachée d'un gros défaut.

— Ah ! lequel ?

— C'est que tout cela, monsieur Lupin, n'est qu'une vaste fumisterie... Que voulez-vous ? je commence à connaître vos trucs, et plus ils me paraissent obscurs, plus je me défie. »

« Idiot », grommela Lupin.

M. Formerie se leva.

« Voilà qui est fait. Comme vous voyez, ce n'était qu'un interrogatoire de pure forme, la mise en présence des deux duellistes. Maintenant que les épées sont engagées, il ne nous manque plus que le témoin obligatoire de ces passes d'armes, votre avocat.

— Bah ! est-ce indispensable ?

— Indispensable.

— Faire travailler un des maîtres du barreau en vue de débats aussi... problématiques ?

— Il le faut.

— En ce cas, je choisis maître Quimbel.

— Le bâtonnier. A la bonne heure, vous serez bien défendu. »

Cette première séance était terminée. En descendant l'escalier de la Souricière, entre les deux Doudeville, le détenu articula, par petites phrases impératives :

« Qu'on surveille la maison de Geneviève... quatre

hommes à demeure... Mme Kesselbach aussi... elles sont menacées. On va perquisitionner villa Dupont... soyez-y. Si l'on découvre Steinweg, arrangez-vous pour qu'il se taise... un peu de poudre, au besoin.

— Quand serez-vous libre, patron ?

— Rien à faire pour l'instant... D'ailleurs, ça ne presse pas... Je me repose. »

En bas, il rejoignit les gardes municipaux qui entouraient la voiture.

« A la maison, mes enfants, s'exclama-t-il, et rondement. J'ai rendez-vous avec moi à deux heures précises. »

Le trajet s'effectua sans incident.

Rentré dans sa cellule, Lupin écrivit une longue lettre d'instructions détaillées aux frères Doudeville et deux autres lettres.

L'une était pour Geneviève :

« Geneviève, vous savez qui je suis maintenant, et vous comprendrez pourquoi je vous ai caché le nom de celui qui, par deux fois, vous emporta toute petite, dans ses bras.

« Geneviève, j'étais l'ami de votre mère, ami lointain dont elle ignorait la double existence, mais sur qui elle croyait pouvoir compter. Et c'est pourquoi, avant de mourir, elle m'écrivait quelques mots et me suppliait de veiller sur vous.

« Si indigne que je sois de votre estime, Geneviève, je resterai fidèle à ce vœu. Ne me chassez pas tout à fait de votre cœur.

« ARSÈNE LUPIN. »

L'autre lettre était adressée à Dolorès Kesselbach.

« Son intérêt seul avait conduit près de Mme Kesselbach le prince Sernine. Mais un immense besoin de se dévouer à elle l'y avait retenu.

« Aujourd'hui que le prince Sernine n'est plus qu'Arsène Lupin, il demande à Mme Kesselbach de ne pas lui ôter le droit de la protéger, de loin, et comme on protège quelqu'un que l'on ne reverra plus. »

Il y avait des enveloppes sur la table. Il en prit une, puis deux, mais comme il prenait la troisième, il aperçut une feuille de papier blanc dont la présence l'étonna, et sur laquelle étaient collés des mots, visiblement découpés dans un journal. Il déchiffra :

« *La lutte avec Altenheim ne t'a pas réussi. Renonce à t'occuper de l'affaire, et je ne m'opposerai pas à ton évasion. Signé : L. M.* »

Une fois de plus, Lupin eut ce sentiment de répulsion et de terreur que lui inspirait cet être innommable et fabuleux — la sensation de dégoût que l'on éprouve à toucher une bête venimeuse, un reptile.

« Encore lui, dit-il, et jusqu'ici ! »

C'était cela également qui l'effarait, la vision subite qu'il avait, par instants, de cette puissance ennemie, une puissance aussi grande que la sienne, et qui disposait de moyens formidables dont lui-même ne se rendait pas compte.

Tout de suite il soupçonna son gardien. Mais comment avait-on pu corrompre cet homme au visage dur, à l'expression sévère ?

« Eh bien, tant mieux, après tout ! s'écria-t-il. Je n'ai jamais eu affaire qu'à des mazettes... Pour me combattre moi-même, j'avais dû me bombarder chef de la Sûreté... Cette fois je suis servi !... Voilà un homme qui me met dans sa poche... en jonglant, pourrait-on dire... Si j'arrive, du fond de ma prison, à éviter ses coups et à le démolir, à voir le vieux Steinweg et à lui arracher sa confession, à mettre debout l'affaire Kesselbach, et à la réaliser intégralement, à défendre Mme Kesselbach et à conquérir le bonheur et la fortune pour Geneviève... Eh bien vrai, c'est que Lupin... sera toujours Lupin... et, pour cela, commençons par dormir... »

Il s'étendit sur son lit, en murmurant :

« Steinweg, patiente pour mourir jusqu'à demain soir, et je te jure... »

Il dormit toute la fin du jour, et toute la nuit et toute la matinée. Vers onze heures, on vint lui annoncer que maître Quimbel l'attendait au parloir des avocats, à quoi il répondit :

« Allez dire à maître Quimbel que s'il a besoin de renseignements sur mes faits et gestes, il n'a qu'à consulter les journaux depuis dix ans. Mon passé appartient à l'histoire. »

A midi, même cérémonial et mêmes précautions que la veille pour le conduire au Palais de justice. Il revit l'aîné des Doudeville avec lequel il échangea quelques mots et auquel il remit les trois lettres qu'il avait préparées, et il fut introduit chez M. Formerie.

Maître Quimbel était là, porteur d'une serviette bourrée de documents.

Lupin s'excusa aussitôt.

« Tous mes regrets, mon cher maître, de n'avoir pu vous recevoir, et tous mes regrets aussi pour la peine que vous voulez bien prendre, peine inutile, puisque...

— Oui, oui, nous savons, interrompit M. Formerie, que vous serez en voyage. C'est convenu. Mais d'ici là, faisons notre besogne. Arsène Lupin, malgré toutes nos recherches, nous n'avons aucune donnée précise sur votre nom véritable.

— Comme c'est bizarre ! moi non plus.

— Nous ne pourrions même pas affirmer que vous êtes le même Arsène Lupin qui fut détenu à la Santé en 19... et qui s'évada une première fois.

— Une « première fois » est un mot très juste.

— Il arrive en effet, continua M. Formerie, que la fiche Arsène Lupin retrouvée au service anthropométrique donne un signalement d'Arsène Lupin qui diffère en tous points de votre signalement actuel.

— De plus en plus bizarre.

— Indications différentes, mesures différentes, empreintes différentes... Les deux photographies elles-mêmes n'ont aucun rapport. Je vous demande donc de bien vouloir nous fixer sur votre identité exacte.

— C'est précisément ce que je désirais vous demander. J'ai vécu sous tant de noms différents que j'ai fini par oublier le mien. Je ne m'y reconnais plus.

— Donc, refus de répondre.

— Oui.

— Et pourquoi ?

— Parce que.

— C'est un parti pris ?

— Oui. Je vous l'ai dit : votre enquête ne compte pas. Je vous ai donné hier mission d'en faire une qui m'intéresse. J'en attends le résultat.

— Et moi, s'écria M. Formerie, je vous ai dit hier que je ne croyais pas un traître mot de votre histoire de Steinweg, et que je ne m'en occuperais pas.

— Alors, pourquoi, hier, après notre entrevue, vous êtes-vous rendu villa Dupont et avez-vous, en compagnie du sieur Weber, fouillé minutieusement le numéro 29 ?

— Comment savez-vous ?... fit le juge d'instruction, assez vexé.

— Par les journaux...

— Ah ! vous lisez les journaux !

— Il faut bien se tenir au courant.

— J'ai, en effet, par acquit de conscience, visité cette maison, sommairement et sans y attacher la moindre importance...

— Vous y attachez, au contraire, tant d'importance, et vous accomplissez la mission dont je vous ai chargé avec un zèle si digne d'éloges, que, à l'heure actuelle, le sous-chef de la Sûreté est en train de perquisitionner là-bas. »

M. Formerie sembla médusé. Il balbutia :

« Quelle invention ! Nous avons, M. Weber et moi, bien d'autres chats à fouetter. »

A ce moment, un huissier entra et dit quelques mots à l'oreille de M. Formerie.

« Qu'il entre ! s'écria celui-ci... qu'il entre !... »

Et se précipitant :

« Eh bien, monsieur Weber, quoi de nouveau ? Vous avez trouvé cet homme... »

Il ne prenait même pas la peine de dissimuler, tant il avait hâte de savoir.

Le sous-chef de la Sûreté répondit :

« Rien.

— Ah ! vous êtes sûr ?

— J'affirme qu'il n'y a personne dans cette maison, ni vivant ni mort.

— Cependant...

— C'est ainsi, monsieur le juge d'instruction. »

Ils semblaient déçus tous les deux, comme si la conviction de Lupin les avait gagnés à leur tour.

« Vous voyez, Lupin... » dit M. Formerie, d'un ton de regret.

Et il ajouta :

« Tout ce que nous pouvons supposer, c'est que le vieux Steinweg, après avoir été enfermé là, n'y est plus. »

Lupin déclara :

« Avant-hier matin il y était encore.

— Et, à cinq heures du soir, mes hommes occupaient l'immeuble, nota M. Weber.

— Il faudrait donc admettre, conclut M. Formerie, qu'il a été enlevé l'après-midi.

— Non, dit Lupin.

— Vous croyez ? »

Hommage naïf à la clairvoyance de Lupin, que cette question instinctive du juge d'instruction, que cette sorte de soumission anticipée à tout ce que l'adversaire décréterait.

« Je fais plus que de le croire, affirma Lupin de la façon la plus nette ; il est matériellement impossible que le sieur Steinweg ait été libéré à ce moment. Steinweg est au numéro 29 de la villa Dupont. »

M. Weber leva les bras au plafond.

« Mais c'est de la démence ! puisque j'en arrive ! puisque j'ai fouillé chacune des chambres !... Un homme ne se cache pas comme une pièce de cent sous.

— Alors, que faire ? gémit M. Formerie...

— Que faire, monsieur le juge d'instruction ? riposta Lupin. C'est bien simple. Monter en voiture et me mener avec toutes les précautions qu'il vous plaira de prendre, au 29 de la villa Dupont. Il est une heure. A trois heures, j'aurais découvert Steinweg. »

L'offre était précise, impérieuse, exigeante. Les deux magistrats subirent le poids de cette volonté formidable. M. Formerie regarda M. Weber. Après tout, pourquoi pas ? Qu'est-ce qui s'opposait à cette épreuve ?

« Qu'en pensez-vous, monsieur Weber ?

— Peuh !... je ne sais pas trop.

— Oui, mais cependant... s'il s'agit de la vie d'un homme...

— Evidemment... », formula le sous-chef qui commençait à réfléchir.

La porte s'ouvrit. Un huissier apporta une lettre que M. Formerie décacheta et où il lut ces mots :

« *Défiez-vous. Si Lupin entre dans la maison de la villa Dupont, il en sortira libre. Son évasion est préparée. — L. M.* »

M. Formerie devint blême. Le péril auquel il venait d'échapper l'épouvantait. Une fois de plus, Lupin s'était joué de lui. Steinweg n'existait pas.

Tout bas, M. Formerie marmotta des actions de grâces. Sans le miracle de cette lettre anonyme, il était perdu, déshonoré.

« Assez pour aujourd'hui, dit-il. Nous reprendrons l'interrogatoire demain. Gardes, que l'on reconduise le détenu à la Santé. »

Lupin ne broncha pas. Il se dit que le coup provenait de l'*Autre*. Il se dit qu'il y avait vingt chances contre une pour que le sauvetage de Steinweg ne pût être opéré maintenant, mais que, somme toute, il restait cette vingt et unième chance et qu'il n'y avait aucune raison pour que lui, Lupin, se désespérât.

Il prononça donc simplement :

« Monsieur le juge d'instruction, je vous donne rendez-vous demain matin à dix heures, au 29 de la villa Dupont.

— Vous êtes fou ! Mais puisque je ne veux pas !...

— Moi, je veux, cela suffit. A demain dix heures. Soyez exact. »

Comme les autres fois, dès sa rentrée en cellule, Lupin se coucha, et tout en bâillant il songeait :

« Au fond, rien n'est plus pratique pour la conduite de mes affaires que cette existence. Chaque jour je donne le petit coup de pouce qui met en branle toute la machine, et je n'ai qu'à patienter jusqu'au lendemain. Les événements se produisent d'eux-mêmes. Quel repos pour un homme surmené ! »

Et, se tournant vers le mur :

« Steinweg, si tu tiens à la vie, ne meurs pas encore ! ! ! Je te demande un petit peu de bonne volonté. Fais comme moi : dors. »

Sauf à l'heure du repas, il dormit de nouveau jusqu'au matin. Ce ne fut que le bruit des serrures et des verrous qui le réveilla.

« Debout, lui dit le gardien ; habillez-vous... C'est pressé. »

M. Weber et ses hommes le reçurent dans le couloir et l'amenèrent jusqu'au fiacre.

« Cocher, 29, villa Dupont, dit Lupin en montant... Et rapidement.

— Ah ! vous savez donc que nous allons là ? dit le sous-chef.

— Evidemment, je le sais, puisque, hier, j'ai donné rendez-vous à M. Formerie, au 29 de la villa Dupont, sur le coup de dix heures. Quand Lupin dit une chose, cette chose s'accomplit. La preuve... »

Dès la rue Pergolèse, les précautions multipliées par la police excitèrent la joie du prisonnier. Des escouades d'agents encombraient la rue. Quant à la villa

Dupont, elle était purement et simplement interdite à la circulation.

« L'état de siège, ricana Lupin. Weber, tu distribueras de ma part un louis à chacun de ces pauvres types que tu as dérangés sans raison. Tout de même, faut-il que vous ayez la venette ! Pour un peu, tu me passerais les menottes.

— Je n'attendais que ton désir, dit M. Weber.

— Vas-y donc, mon vieux. Faut bien rendre la partie égale entre nous ! Pense donc, tu n'es que trois cents aujourd'hui ! »

Les mains enchaînées, il descendit de voiture devant le perron, et tout de suite on le dirigea vers une pièce où se tenait M. Formerie. Les agents sortirent. M. Weber seul resta.

« Pardonnez-moi, monsieur le juge d'instruction, dit Lupin, j'ai peut-être une ou deux minutes de retard. Soyez sûr qu'une autre fois je m'arrangerai... »

M. Formerie était blême. Un tremblement nerveux l'agitait. Il bégaya :

« Monsieur, Mme Formerie... »

Il dut s'interrompre, à bout de souffle, la gorge étranglée.

« Comment va-t-elle, cette bonne Mme Formerie ? demanda Lupin avec intérêt. J'ai eu le plaisir de danser avec elle, cet hiver, au bal de l'Hôtel de Ville, et ce souvenir...

— Monsieur, recommença le juge d'instruction, monsieur, Mme Formerie a reçu de sa mère, hier soir, un coup de téléphone lui disant de passer en hâte. Mme Formerie, aussitôt, est partie, sans moi malheureusement, car j'étais en train d'étudier votre dossier.

— Vous étudiez mon dossier ? Voilà bien la boulette, observa Lupin.

— Or, à minuit, continua le juge, ne voyant pas revenir Mme Formerie, assez inquiet, j'ai couru chez sa mère ; Mme Formerie n'y était pas. Sa mère ne lui avait point téléphoné. Tout cela n'était que la plus abominable des embûches. A l'heure actuelle, Mme Formerie n'est pas encore rentrée.

— Ah ! » fit Lupin avec indignation.

Et, après avoir réfléchi :

« Autant que je m'en souvienne, Mme Formerie est très jolie, n'est-ce pas ? »

Le juge ne parut pas comprendre. Il s'avança vers Lupin, et d'une voix anxieuse, l'attitude quelque peu théâtrale :

« Monsieur, j'ai été prévenu ce matin par une lettre que ma femme me serait rendue immédiatement après que le sieur Steinweg serait découvert. Voici cette lettre. Elle est signée Lupin. Est-elle de vous ? »

Lupin examina la lettre et conclut gravement :

« Elle est de moi.

— Ce qui veut dire que vous voulez obtenir de moi, par contrainte, la direction des recherches relatives au sieur Steinweg ?

— Je l'exige.

— Et que ma femme sera libre aussitôt après ?

— Elle sera libre.

— Même au cas où ces recherches seraient infructueuses ?

— Ce cas n'est pas admissible.

— Et si je refuse ? » s'écria M. Formerie, dans un accès imprévu de révolte.

Lupin murmura :

« Un refus pourrait avoir des conséquences graves... Mme Formerie est jolie...

— Soit. Cherchez... vous êtes le maître », grinça M. Formerie.

Et M. Formerie se croisa les bras, en homme qui sait, à l'occasion, se résigner devant la force supérieure des événements.

M. Weber n'avait pas soufflé mot, mais il mordait rageusement sa moustache, et l'on sentait tout ce qu'il devait éprouver de colère à céder une fois de plus aux caprices de cet ennemi, vaincu et toujours victorieux.

« Montons », dit Lupin.

On monta.

« Ouvrez la porte de cette chambre. »

On l'ouvrit.

« Qu'on m'enlève mes menottes. »

Il y eut une minute d'hésitation. M. Formerie et M. Weber se consultèrent du regard.

« Qu'on m'enlève mes menottes, répéta Lupin.

— Je réponds de tout », assura le sous-chef.

Et, faisant signe aux huit hommes qui l'accompagnaient :

« L'arme au poing ! Au premier commandement, feu ! »

Les hommes sortirent leurs revolvers.

« Bas les armes, ordonna Lupin, et les mains dans les poches. »

Et, devant l'hésitation des agents, il déclara fortement :

« Je jure sur l'honneur que je suis ici pour sauver la vie d'un homme qui agonise, et que je ne chercherai pas à m'évader.

— L'honneur de Lupin... », marmotta l'un des agents.

Un coup de pied sec sur la jambe lui fit pousser un hurlement de douleur. Tous les agents bondirent, secoués de haine.

« Halte ! cria M. Weber en s'interposant. Va, Lupin... je te donne une heure... Si, dans une heure...

— Je ne veux pas de conditions, objecta Lupin, intraitable.

— Eh ! fais donc à ta guise, animal ! » grogna le sous-chef exaspéré.

Et il recula, entraînant ses hommes avec lui.

« A merveille, dit Lupin. Comme ça, on peut travailler tranquillement. »

Il s'assit dans un confortable fauteuil, demanda une cigarette, l'alluma, et se mit à lancer vers le plafond des anneaux de fumée, tandis que les autres attendaient avec une curiosité qu'ils n'essayaient pas de dissimuler.

Au bout d'un instant :

« Weber, fais déplacer le lit. »

On déplaça le lit.

« Qu'on enlève tous les rideaux de l'alcôve. »

On enleva les rideaux.

Un long silence commença. On eût dit une de ces expériences d'hypnotisme auxquelles on assiste avec une ironie mêlée d'angoisse, avec la peur obscure des choses mystérieuses qui peuvent se produire. On allait peut-être voir un moribond surgir de l'espace, évoqué par l'incantation irrésistible du magicien. On allait peut-être voir...

« Quoi, déjà ! s'écria M. Formerie.

— Ça y est, dit Lupin.

« Croyez-vous donc, monsieur le juge d'instruction, que je ne pense à rien dans ma cellule, et que je me sois fait amener ici sans avoir quelques idées précises sur la question ?

— Et alors ? dit M. Weber.

— Envoie l'un de tes hommes au tableau des sonneries électriques. Ça doit être accroché du côté des cuisines. »

Un des agents s'éloigna.

« Maintenant, appuie sur le bouton de la sonnerie électrique qui se trouve ici, dans l'alcôve, à la hauteur du lit... Bien... Appuie fort... Ne lâche pas... Assez comme ça... Maintenant, rappelle le type qu'on a envoyé en bas. »

Une minute après, l'agent remontait.

« Eh bien, l'artiste, tu as entendu la sonnerie ?

— Non.

— Un des numéros du tableau s'est déclenché ?

— Non.

— Parfait. Je ne me suis pas trompé, dit Lupin. Weber, aie l'obligeance de dévisser cette sonnerie, qui est fausse, comme tu le vois... C'est cela... commence par tourner la petite cloche de porcelaine qui entoure le bouton... Parfait... Et maintenant, qu'est-ce que tu aperçois ?

— Une sorte d'entonnoir, répliqua M. Weber, on dirait l'extrémité d'un tube.

— Penche-toi... applique ta bouche à ce tube, comme si c'était un porte-voix.

— Ça y est.

— Appelle... Appelle : « Steinweg !... Holà ! Steinweg !... » Inutile de crier... Parle simplement... Eh
bien ?

— On ne répond pas.

— Non.

— Tant pis, c'est qu'il est mort... ou hors d'état de
répondre. »

M. Formerie s'exclama :

« En ce cas, tout est perdu.

— Rien n'est perdu, dit Lupin, mais ce sera plus
long. Ce tube a deux extrémités, comme tous les
tubes ; il s'agit de le suivre jusqu'à la seconde extrémité.

— Mais il faudra démolir toute la maison.

— Mais non... mais non... vous allez voir... »

Il s'était mis lui-même à la besogne, entouré par
tous les agents qui pensaient, d'ailleurs, beaucoup
plus à regarder ce qu'il faisait qu'à le surveiller.

Il passa dans l'autre chambre, et, tout de suite, ainsi
qu'il l'avait prévu, il aperçut un tuyau de plomb qui
émergeait d'une encoignure et qui montait vers le plafond comme une conduite d'eau.

« Ah ! ah ! dit Lupin, ça monte !... Pas bête... Géné-
ralement on cherche dans les caves... »

Le fil était découvert ; il n'y avait qu'à se laisser
guider. Ils gagnèrent ainsi le second étage, puis le troisième, puis les mansardes. Et ils virent ainsi que le
plafond d'une de ces mansardes était crevé, et que le
tuyau passait dans un grenier très bas, lequel était
lui-même percé dans sa partie supérieure.

Or, au-dessus, c'était le toit.

Ils plantèrent une échelle et traversèrent une
lucarne. Le toit était formé de plaques de tôle.

« Mais vous ne voyez donc pas que la piste est mauvaise », déclara M. Formerie.

Lupin haussa les épaules.

« Pas du tout.

— Cependant, puisque le tuyau aboutit sous les
plaques de tôle.

— Cela prouve simplement que, entre ces plaques de tôle et la partie supérieure du grenier, il y a un espace libre où nous trouverons... ce que nous cherchons.

— Impossible !

— Nous allons voir. Que l'on soulève les plaques... Non, pas là... C'est ici que le tuyau doit déboucher. »

Trois agents exécutèrent l'ordre. L'un d'eux poussa une exclamation :

« Ah ! nous y sommes ! »

On se pencha. Lupin avait raison. Sous les plaques que soutenait un treillis de lattes de bois à demi pourries, un vide existait sur une hauteur d'un mètre tout au plus, à l'endroit le plus élevé.

Le premier agent qui descendit creva le plancher et tomba dans le grenier.

Il fallut continuer sur le toit avec précaution, tout en soulevant la tôle.

Un peu plus loin, il y avait une cheminée. Lupin, qui marchait en tête et qui suivait le travail des agents, s'arrêta et dit :

« Voilà. »

Un homme — un cadavre plutôt — gisait, dont ils virent, à la lueur éclatante du jour, la face livide et convulsée de douleur. Des chaînes le liaient à des anneaux de fer engagés dans le corps de la cheminée. Il y avait deux écuelles auprès de lui.

« Il est mort, dit le juge d'instruction.

— Qu'en savez-vous ? » riposta Lupin.

Il se laissa glisser, du pied tâta le parquet qui lui sembla plus solide à cet endroit, et s'approcha du cadavre.

M. Formerie et le sous-chef imitèrent son exemple.

Après un instant d'examen, Lupin prononça :

« Il respire encore.

— Oui, dit M. Formerie... le cœur bat faiblement, mais il bat. Croyez-vous qu'on puisse le sauver ?

— Evidemment ! puisqu'il n'est pas mort... », déclara Lupin avec une belle assurance.

Et il ordonna :

« Du lait, tout de suite ! Du lait additionné d'eau de Vichy. Au galop ! Et je réponds de tout. »

Vingt minutes plus tard, le vieux Steinweg ouvrit les yeux.

Lupin, qui était agenouillé près de lui, murmura lentement, nettement, de façon à graver ses paroles dans le cerveau du malade :

« Ecoute, Steinweg, ne révèle à personne le secret de Pierre Leduc. Moi, Arsène Lupin, je te l'achète le prix que tu veux. Laisse-moi faire. »

Le juge d'instruction prit Lupin par le bras et, gravement :

« Mme Formerie ?

— Mme Formerie est libre. Elle vous attend avec impatience.

— Comment cela ?

— Voyons, monsieur le juge d'instruction, je savais bien que vous consentiriez à la petite expédition que je vous proposais. Un refus de votre part n'était pas admissible...

— Pourquoi ?

— Mme Formerie est trop jolie. »

UNE PAGE DE L'HISTOIRE MODERNE

I

Lupin lança violemment ses deux poings de droite et de gauche, puis les ramena sur sa poitrine, puis les lança de nouveau, et de nouveau les ramena.

Ce mouvement, qu'il exécuta trente fois de suite, fut remplacé par une flexion du buste en avant et en arrière, laquelle flexion fut suivie d'une élévation alternative des jambes, puis d'un moulinet alternatif des bras.

Cela dura un quart d'heure, le quart d'heure qu'il consacrait chaque matin, pour dérouiller ses muscles, à des exercices de gymnastique suédoise.

Ensuite, il s'installa devant sa table, prit des feuilles de papier blanc qui étaient disposées en paquets numérotés, et, pliant l'une d'elles, il en fit une enveloppe — ouvrage qu'il recommença avec une série de feuilles successives.

C'était la besogne qu'il avait acceptée et à laquelle il s'astreignait tous les jours, les détenus ayant le droit de choisir les travaux qui leur plaisaient : collage d'enveloppes, confection d'éventails en papier, de bourses en métal, etc.

Et de la sorte, tout en occupant ses mains à un exercice machinal, tout en assouplissant ses muscles par des flexions mécaniques, Lupin ne cessait de songer à ses affaires.

Le grondement des verrous, le fracas de la serrure...

« Ah ! c'est vous, excellent geôlier. Est-ce la minute

de la toilette suprême, la coupe de cheveux qui pré-
cède la grande coupe finale ?

— Non, fit l'homme.

— L'instruction, alors ? La promenade au Palais ?
Ça m'étonne, car ce bon M. Formerie m'a prévenu ces
jours-ci que, dorénavant, et par prudence, il m'inter-
rogerait dans ma cellule même — ce qui, je l'avoue,
contrarie mes plans.

— Une visite pour vous », dit l'homme d'un ton
laconique.

« Ça y est », pensa Lupin.

Et tout en se rendant au parloir, il se disait :

« Nom d'un chien, si c'est ce que je crois, je suis
un rude type ! En quatre jours, et du fond de mon
cachot, avoir mis cette affaire-là debout, quel coup
de maître ! »

Munis d'une permission en règle, signée par le
directeur de la première division à la Préfecture de
police, les visiteurs sont introduits dans les étroites
cellules qui servent de parloirs. Ces cellules, coupées
au milieu par deux grillages, que sépare un intervalle
de cinquante centimètres, ont deux portes, qui donnent sur deux couloirs différents. Le détenu entre par
une porte, le visiteur par l'autre. Ils ne peuvent donc ni
se toucher, ni parler à voix basse, ni opérer entre eux le
moindre échange d'objets. En outre, dans certains
cas, un gardien peut assister à l'entrevue.

En l'occurrence, ce fut le gardien-chef qui eut cet
honneur.

« Qui diable a obtenu l'autorisation de me faire
visite ? s'écria Lupin en entrant. Ce n'est pourtant pas
mon jour de réception. »

Pendant que le gardien fermait la porte, il s'approcha du grillage et examina la personne qui se tenait
derrière l'autre grillage et dont les traits se discer-
naient confusément dans la demi-obscurité.

« Ah ! fit-il avec joie, c'est vous, monsieur Stripani !
Quelle heureuse chance !

— Oui, c'est moi, mon cher prince.

— Non, pas de titre, je vous en supplie, cher monsieur. Ici, j'ai renoncé à tous ces hochets de la vanité humaine. Appelez-moi Lupin, c'est plus de situation.

— Je veux bien, mais c'est le prince Sernine que j'ai connu, c'est le prince Sernine qui m'a sauvé de la misère et qui m'a rendu le bonheur et la fortune, et vous comprendrez que, pour moi, vous resterez toujours le prince Sernine.

— Au fait ! monsieur Stripani... Au fait ! Les instants du gardien-chef sont précieux, et nous n'avons pas le droit d'en abuser. En deux mots, qu'est-ce qui vous amène ?

— Ce qui m'amène ? Oh ! mon Dieu, c'est bien simple. Il m'a semblé que vous seriez mécontent de moi si je m'adressais à un autre qu'à vous pour compléter l'œuvre que vous avez commencée. Et puis, seul, vous avez eu en main tous les éléments qui vous ont permis, à cette époque, de reconstituer la vérité et de concourir à mon salut. Par conséquent, seul, vous êtes à même de parer au nouveau coup qui me menace. C'est ce que M. le préfet de police a compris lorsque je lui ai exposé la situation...

— Je m'étonnais, en effet, qu'on vous eût autorisé...

— Le refus était impossible, mon cher prince. Votre intervention est nécessaire dans une affaire où tant d'intérêts sont en jeu, et des intérêts qui ne sont pas seulement les miens, mais qui concernent les personnages haut placés que vous savez... »

Lupin observait le gardien du coin de l'œil. Il écoutait avec une vive attention, le buste incliné, avide de surprendre la signification secrète des paroles échangées.

« De sorte que ?... demanda Lupin.

— De sorte que, mon cher prince, je vous supplie de rassembler tous vos souvenirs au sujet de ce document imprimé, rédigé en quatre langues, et dont le début tout au moins avait rapport... »

Un coup de poing sur la mâchoire, un peu en dessous de l'oreille... le gardien-chef chancela deux ou trois secondes, et, comme une masse, sans un gémissement, tomba dans les bras de Lupin.

« Bien touché, Lupin, dit celui-ci. C'est de l'ouvrage proprement « faite ». Dites donc, Steinweg, vous avez le chloroforme ?

— Etes-vous sûr qu'il est évanoui ?

— Tu parles ! Il en a pour trois ou quatre minutes... mais ça ne suffirait pas. »

L'Allemand sortit de sa poche un tube de cuivre qu'il allongea comme un télescope, et au bout duquel était fixé un minuscule flacon.

Lupin prit le flacon, en versa quelques gouttes sur un mouchoir, et appliqua ce mouchoir sous le nez du gardien-chef.

« Parfait !... Le bonhomme a son compte... J'écope-rai pour ma peine huit ou quinze jours de cachot... Mais ça, ce sont les petits bénéfices du métier.

— Et moi ?

— Vous ? Que voulez-vous qu'on vous fasse ?

— Dame ! le coup de poing...

— Vous n'y êtes pour rien.

— Et l'autorisation de vous voir ? C'est un faux, tout simplement.

— Vous n'y êtes pour rien.

— J'en profite.

— Pardon ! Vous avez déposé avant-hier une demande régulière au nom de Stripani. Ce matin, vous avez reçu une réponse officielle. Le reste ne vous regarde pas. Mes amis seuls, qui ont confectionné la réponse, peuvent être inquiétés. Va-t'en voir s'ils vien-nent !...

— Et si l'on nous interrompt ?

— Pourquoi ?

— On a eu l'air suffoqué, ici, quand j'ai sorti mon autorisation de voir Lupin. Le directeur m'a fait venir et l'a examinée dans tous les sens. Je ne doute pas que l'on téléphone à la Préfecture de police.

— Et moi j'en suis sûr.

— Alors ?

— Tout est prévu, mon vieux. Ne te fais pas de bile, et causons. Je suppose que, si tu es venu ici, c'est que tu sais ce dont il s'agit ?

— Oui. Vos amis m'ont expliqué...

— Et tu acceptes ?

— L'homme qui m'a sauvé de la mort peut disposer de moi comme il l'entend. Quels que soient les services que je pourrai lui rendre, je resterai encore son débiteur.

— Avant de livrer ton secret, réfléchis à la position où je me trouve... prisonnier impuissant... »

Steinweg se mit à rire :

« Non, je vous en prie, ne plaisantons pas. J'avais livré mon secret à Kesselbach parce qu'il était riche et qu'il pouvait, mieux qu'un autre, en tirer parti ; mais, tout prisonnier que vous êtes, et tout impuissant, je vous considère comme cent fois plus fort que Kesselbach avec ses cent millions.

— Oh ! oh !

— Et vous le savez bien ! Cent millions n'auraient pas suffi pour découvrir le trou où j'agonisais, pas plus que pour m'amener ici, pendant une heure, devant le prisonnier impuissant que vous êtes. Il faut autre chose. Et cette autre chose, vous l'avez.

— En ce cas, parle. Et procédons par ordre. Le nom de l'assassin ?

— Cela, impossible.

— Comment, impossible ? Mais puisque tu le connais et que tu dois tout me révéler.

— Tout, mais pas cela.

— Cependant...

— Plus tard.

— Tu es fou ! mais pourquoi ?

— Je n'ai pas de preuves. Plus tard, quand vous serez libre, nous chercherons ensemble. A quoi bon d'ailleurs ! Et puis, vraiment, je ne peux pas.

— Tu as peur de lui ?

— Oui.

— Soit, dit Lupin. Après tout, ce n'est pas cela le plus urgent. Pour le reste, tu es résolu à parler ?

— Sur tout.

— Eh bien, réponds. Comment s'appelle Pierre Leduc ?

— Hermann IV, grand-duc de Deux-Ponts-Veldenz, prince de Berncastel, comte de Fistingen, seigneur de Wiesbaden et autres lieux. »

Lupin eut un frisson de joie, en apprenant que, décidément, son protégé n'était pas le fils d'un charcutier.

« Fichtre ! murmura-t-il, nous avons du titre !... Autant que je sache, le grand-duché de Deux-Ponts-Veldenz est en Prusse ?

— Oui, sur la Moselle. La maison de Veldenz est un rameau de la maison Palatine de Deux-Ponts. Le grand-duché fut occupé par les Français après la paix de Lunéville, et fit partie du département du Mont-Tonnerre. En 1814, on le reconstitua au profit d'Hermann Ier, bisaïeul de notre Pierre Leduc. Le fils, Hermann II, eut une jeunesse orageuse, se ruina, dilapida les finances de son pays, se rendit insupportable à ses sujets qui finirent par brûler en partie le vieux château de Veldenz et par chasser leur maître de ses Etats. Le grand-duché fut alors administré et gouverné par trois régents, au nom d'Hermann II, qui, anomalie assez curieuse, n'abdiqua pas et garda son titre de grand-duc régnant. Il vécut assez pauvre à Berlin, plus tard fit la campagne de France, aux côtés de Bismarck dont il était l'ami, fut emporté par un éclat d'obus au siège de Paris, et, en mourant, confia à Bismarck son fils Hermann... Hermann III.

— Le père, par conséquent, de notre Leduc, dit Lupin.

— Oui. Hermann III fut pris en affection par le chancelier qui, à diverses reprises, se servit de lui comme envoyé secret auprès de personnalités étrangères. A la chute de son protecteur, Hermann III quitta Berlin, voyagea et revint se fixer à Dresde. Quand Bismarck mourut, Hermann III était là. Lui-même mourait deux ans plus tard. Voilà les faits publics, connus de tous en Allemagne, voilà l'histoire des trois Hermann, grands-ducs de Deux-Ponts-Veldenz au XIXe siècle.

— Mais le quatrième, Hermann IV, celui qui nous occupe ?

— Nous en parlerons tout à l'heure. Passons maintenant aux faits ignorés.

— Et connus de toi seul, dit Lupin.

— De moi seul, et de quelques autres.

— Comment, de quelques autres ? Le secret n'a donc pas été gardé ?

— Si, si, le secret est bien gardé par ceux qui le détiennent. Soyez sans crainte, ceux-là ont tout intérêt, je vous en réponds, à ne pas le divulguer.

— Alors ! comment le connais-tu ?

— Par un ancien domestique et secrétaire intime du grand-duc Hermann, dernier du nom. Ce domestique, qui mourut entre mes bras au Cap, me confia d'abord que son maître s'était marié clandestinement et qu'il avait laissé un fils. Puis il me livra le fameux secret.

— Celui-là même que tu dévoilas plus tard à Kesselbach ?

— Oui.

— Parle. »

A l'instant même où il disait cette parole, on entendit un bruit de clef dans la serrure.

II

« Pas un mot », murmura Lupin.

Il s'effaça contre le mur, auprès de la porte. Le battant s'ouvrit. Lupin le referma violemment, bousculant un homme, un geôlier, qui poussa un cri.

Lupin le saisit à la gorge.

« Tais-toi, mon vieux. Si tu rouspètes, tu es fichu. »

Il le coucha par terre.

« Es-tu sage ?... Comprends-tu la situation ? Oui ? Parfait... Où est ton mouchoir ? Donne tes poignets, maintenant... Bien, je suis tranquille. Ecoute... On t'a envoyé par précaution, n'est-ce pas ? pour assister le gardien-chef en cas de besoin ?... Excellente mesure, mais un peu tardive. Tu vois, le gardien-chef est mort !... Si tu bouges, si tu appelles, tu y passes également. »

Il prit les clefs de l'homme et introduisit l'une d'elles dans la serrure.

« Comme ça, nous sommes tranquilles.

— De votre côté... mais du mien ? observa le vieux Steinweg.

— Pourquoi viendrait-on ?

— Si l'on a entendu le cri qu'il a poussé ?

— Je ne crois pas. Mais en tout cas mes amis t'ont donné les fausses clefs ?

— Oui.

— Alors, bouche la serrure... C'est fait ? Eh bien ! maintenant nous avons, pour le moins, dix bonnes minutes devant nous. Tu vois, mon cher, comme les choses les plus difficiles en apparence sont simples en réalité. Il suffit d'un peu de sang-froid et de savoir se plier aux circonstances. Allons, ne t'émeus pas, et cause. En allemand, veux-tu ? Il est inutile que ce type-là participe aux secrets d'Etat que nous agitons. Va, mon vieux, et posément. Nous sommes ici chez nous. »

Steinweg reprit :

« Le soir même de la mort de Bismarck, le grand-duc Hermann III et son fidèle domestique — mon ami du Cap — montèrent dans un train qui les conduisit à Munich... à temps pour prendre le rapide de Vienne. De Vienne ils allèrent à Constantinople, puis au Caire, puis à Naples, puis à Tunis, puis en Espagne, puis à Paris, puis à Londres, à Saint-Pétersbourg, à Varsovie... Et dans aucune de ces villes, ils ne s'arrêtaient. Ils sautaient dans un fiacre, faisaient charger leurs deux valises, galopaient à travers les rues, filaient vers une station voisine ou vers l'embarcadère, et reprenaient le train ou le paquebot.

— Bref, suivis, ils cherchaient à dépister, conclut Arsène Lupin.

— Un soir, ils quittèrent la ville de Trèves, vêtus de blouses et de casquettes d'ouvriers, un bâton sur le dos, un paquet au bout du bâton. Ils firent à pied les trente-cinq kilomètres qui les séparaient de Veldenz où se trouve le vieux château de Deux-Ponts, ou plutôt les ruines du vieux château.

— Pas de description.

— Tout le jour, ils restèrent cachés dans une forêt avoisinante. La nuit d'après, ils s'approchèrent des anciens remparts. Là, Hermann ordonna à son domestique de l'attendre, et il escalada le mur à l'endroit d'une brèche nommée la Brèche-au-Loup. Une heure plus tard il revenait. La semaine suivante, après de nouvelles pérégrinations, il retournait chez lui, à Dresde. L'expédition était finie.

— Et le but de cette expédition ?

— Le grand-duc n'en souffla pas un mot à son domestique. Mais celui-ci, par certains détails, par la coïncidence des faits qui se produisirent, put reconstituer la vérité, du moins en partie.

— Vite, Steinweg, le temps presse maintenant, et je suis avide de savoir.

— Quinze jours après l'expédition, le comte de Waldemar, officier de la garde de l'Empereur et l'un de ses amis personnels, se présentait chez le grand-duc accompagné de six hommes. Il resta là toute la journée, enfermé dans le bureau du grand-duc. A plusieurs reprises, on entendit le bruit d'altercations, de violentes disputes. Cette phrase, même, fut perçue par le domestique, qui passait dans le jardin, sous les fenêtres : « Ces papiers vous ont été remis, Sa Majesté en est sûre. Si vous ne voulez pas me les remettre de votre plein gré... » Le reste de la phrase, le sens de la menace et de toute la scène d'ailleurs, se devinent aisément par la suite : la maison d'Hermann fut visitée de fond en comble.

— Mais c'était illégal.

— C'eût été illégal si le grand-duc s'y fut opposé, mais il accompagna lui-même le comte dans sa perquisition.

— Et que cherchait-on ? Les mémoires du Chancelier ?

— Mieux que cela. On cherchait une liasse de papiers secrets dont on connaissait l'existence par des indiscrétions commises, et dont on savait, de façon certaine, qu'ils avaient été confiés au grand-duc Hermann. »

Lupin était appuyé des deux coudes contre le grillage, et ses doigts se crispaient aux mailles de fer. Il murmura, la voix émue :

« Des papiers secrets... et très importants sans doute ?

— De la plus haute importance. La publication de ces papiers aurait des résultats que l'on ne peut prévoir, non seulement au point de vue de la politique intérieure, mais au point de vue des relations étrangères.

— Oh ! répétait Lupin, tout palpitant... oh ! est-ce possible ! Quelle preuve as-tu ?

— Quelle preuve ? Le témoignage même de la femme du grand-duc, les confidences qu'elle fit au domestique après la mort de son mari.

— En effet... en effet... balbutia Lupin... C'est le témoignage même du grand-duc que nous avons.

— Mieux encore ! s'écria Steinweg.

— Quoi ?

— Un document ! un document écrit de sa main, signé de sa signature et qui contient...

— Qui contient ?

— La liste des papiers secrets qui lui furent confiés.

— En deux mots ?...

— En deux mots, c'est impossible. Le document est long, entremêlé d'annotations, de remarques quelquefois incompréhensibles. Que je vous cite seulement deux titres qui correspondent à deux liasses de papiers secrets : « Lettres originales du Kronprinz à Bismarck. » Les dates montrent que ces lettres furent écrites pendant les trois mois de règne de Frédéric III. Pour imaginer ce que peuvent contenir ces lettres, rappelez-vous la maladie de Frédéric III, ses démêlés avec son fils...

— Oui... oui... je sais... et l'autre titre ?

— « Photographies des lettres de Frédéric III et de l'impératrice Victoria à la reine Victoria d'Angleterre... »

— Il y a cela ? il y a cela ?... fit Lupin, la gorge étranglée.

— Ecoutez les annotations du grand-duc : « Texte du traité avec l'Angleterre et la France. » Et ces mots un peu obscurs : « Alsace-Lorraine... Colonies... Limitation navale... »

— Il y a cela, bredouilla Lupin... Et c'est obscur, dis-tu ? Des mots éblouissants, au contraire !... Ah ! est-ce possible !... »

Du bruit à la porte. On frappa.

« On n'entre pas, dit-il, je suis occupé... »

On frappa à l'autre porte, du côté de Steinweg. Lupin cria :

« Un peu de patience, j'aurai fini dans cinq minutes. »

Il dit au vieillard d'un ton impérieux :

« Sois tranquille, et continue... Alors, selon toi, l'expédition du grand-duc et de son domestique au château de Veldenz n'avait d'autre but que de cacher ces papiers ?

— Le doute n'est pas admissible.

— Soit. Mais le grand-duc a pu les retirer, depuis ?

— Non, il n'a pas quitté Dresde jusqu'à sa mort.

— Mais les ennemis du grand-duc, ceux qui avaient tout intérêt à les reprendre et à les anéantir, ceux-là ont pu les chercher là où ils étaient, ces papiers ?

— Leur enquête les a menés en effet jusque-là.

— Comment le sais-tu ?

— Vous comprenez bien que je ne suis pas resté inactif, et que mon premier soin, quand ces révélations m'eurent été faites, fut d'aller à Veldenz et de me renseigner moi-même dans les villages voisins. Or, j'appris que, deux fois déjà, le château avait été envahi par une douzaine d'hommes venus de Berlin et accrédités auprès des régents.

— Eh bien ?

— Eh bien, ils n'ont rien trouvé, car, depuis cette époque, la visite du château n'est pas permise.

— Mais qui empêche d'y pénétrer ?

— Une garnison de cinquante soldats qui veillent jour et nuit.

— Des soldats du grand-duché ?

— Non, des soldats détachés de la garde personnelle de l'Empereur. »

Des voix s'élevèrent dans le couloir, et de nouveau l'on frappa, en interpellant le gardien-chef.

« Il dort, monsieur le directeur, dit Lupin, qui reconnut la voix de M. Borély.

— Ouvrez ! je vous ordonne d'ouvrir.

— Impossible, la serrure est mêlée. Si j'ai un conseil à vous donner, c'est de pratiquer une incision tout autour de ladite serrure.

— Ouvrez !

— Et le sort de l'Europe que nous sommes en train de discuter, qu'est-ce que vous en faites ? »

Il se tourna vers le vieillard :

« De sorte que tu n'as pas pu entrer dans le château ?

— Non.

— Mais tu es persuadé que les fameux papiers y sont cachés.

— Voyons ! ne vous ai-je pas donné toutes les preuves ? N'êtes-vous pas convaincu ?

— Si, si, murmura Lupin, c'est là qu'ils sont cachés... il n'y a pas de doute... c'est là qu'ils sont cachés. »

Il semblait voir le château. Il semblait évoquer la cachette mystérieuse. Et la vision d'un trésor inépuisable, l'évocation de coffres emplis de pierres précieuses et de richesses, ne l'aurait pas ému plus que l'idée de ces chiffons de papier sur lesquels veillait la garde du Kaiser. Quelle merveilleuse conquête à entreprendre ! Et combien digne de lui ! et comme il avait, une fois de plus, fait preuve de clairvoyance et d'intuition en se lançant au hasard sur cette piste inconnue !

Dehors, on « travaillait » la serrure.

Il demanda au vieux Steinweg :

« De quoi le grand-duc est-il mort ?

— D'une pleurésie, en quelques jours. C'est à peine s'il put reprendre connaissance, et ce qu'il y avait d'horrible, c'est que l'on voyait, paraît-il, les efforts inouïs qu'il faisait, entre deux accès de délire, pour rassembler ses idées et prononcer des paroles. De temps en temps il appelait sa femme, la regardait d'un air désespéré et agitait vainement ses lèvres.

— Bref, il parla ? dit brusquement Lupin, que le « travail » fait autour de la serrure commençait à inquiéter.

— Non, il ne parla pas. Mais dans une minute plus lucide, à force d'énergie, il réussit à tracer des signes sur une feuille de papier que sa femme lui présenta.

— Eh bien ! ces signes ?...

— Indéchiffrables, pour la plupart...

— Pour la plupart... mais les autres ? dit Lupin avidement... Les autres ?

— Il y a d'abord trois chiffres parfaitement distincts : un 8, un 1 et un 3...

— 813... oui, je sais... après ?

— Après, des lettres... plusieurs lettres parmi lesquelles il n'est possible de reconstituer en toute certitude qu'un groupe de trois et, immédiatement après, un groupe de deux lettres.

— « Apoon », n'est-ce pas ?

— Ah ! vous savez...

La serrure s'ébranlait, presque toutes les vis ayant été retirées. Lupin demanda, anxieux soudain à l'idée d'être interrompu :

— De sorte que ce mot incomplet « Apoon » et ce chiffre 813 sont les formules que le grand-duc léguait à sa femme et à son fils pour leur permettre de retrouver les papiers secrets ?

— Oui. »

Lupin se cramponna des deux mains à la serrure pour l'empêcher de tomber.

« Monsieur le directeur, vous allez réveiller le gardien-chef. Ce n'est pas gentil, une minute encore, voulez-vous ? Steinweg, qu'est devenue la femme du grand-duc ?

— Elle est morte, peu après son mari, de chagrin, pourrait-on dire.

— Et l'enfant fut recueilli par la famille ?

— Quelle famille ? Le grand-duc n'avait ni frères, ni sœurs. En outre il n'était marié que morganatiquement et en secret. Non, l'enfant fut emmené par le vieux serviteur d'Hermann, qui l'éleva sous le nom de Pierre Leduc. C'était un assez mauvais garçon, indépendant, fantasque, difficile à vivre. Un jour il partit. On ne l'a pas revu.

— Il connaissait le secret de sa naissance ?

— Oui, et on lui montra la feuille de papier sur laquelle Hermann avait écrit des lettres et des chiffres, 813, etc.

— Et cette révélation, par la suite, ne fut faite qu'à toi ?

— Oui.

— Et toi, tu ne t'es confié qu'à M. Kesselbach ?

— A lui seul. Mais, par prudence, tout en lui montrant la feuille des signes et des lettres, ainsi que la liste dont je vous ai parlé, j'ai gardé ces deux documents. L'événement a prouvé que j'avais raison.

— Et ces documents, tu les as ?

— Oui.

— Ils sont en sûreté ?

— Absolument.

— A Paris ?

— Non.

— Tant mieux. N'oublie pas que ta vie est en danger, et qu'on te poursuit.

— Je le sais. Au moindre faux pas, je suis perdu.

— Justement. Donc, prends tes précautions, dépiste l'ennemi, va prendre tes papiers, et attends mes instructions. L'affaire est dans le sac. D'ici un mois au plus tard, nous irons visiter ensemble le château de Veldenz.

— Si je suis en prison ?

— Je t'en ferai sortir.

— Est-ce possible ?

— Le lendemain même du jour où j'en sortirai. Non, je me trompe, le soir même... une heure après.

— Vous avez donc un moyen ?

— Depuis dix minutes, oui, et infaillible. Tu n'as rien à me dire ?

— Non.

— Alors, j'ouvre. »

Il tira la porte, et, s'inclinant devant M. Borély :

« Monsieur le directeur, je ne sais comment m'excuser... »

Il n'acheva pas. L'irruption du directeur et de trois hommes ne lui en laissa pas le temps.

M. Borély était pâle de rage et d'indignation. La vue des deux gardiens étendus le bouleversa.

« Morts ! s'écria-t-il.

— Mais non, mais non, ricana Lupin. Tenez, celui-là bouge. Parle donc, animal.

— Mais l'autre ? reprit M. Borély en se précipitant sur le gardien-chef.

— Endormi seulement, monsieur le directeur. Il était très fatigué, alors je lui ai accordé quelques instants de repos. J'intercède en sa faveur. Je serais désolé que ce pauvre homme...

— Assez de blagues », dit M. Borély violemment.

Et s'adressant aux gardiens :

« Qu'on le reconduise dans sa cellule... en attendant. Quant à ce visiteur... »

Lupin n'en sut pas davantage sur les intentions de M. Borély par rapport au vieux Steinweg. Mais c'était pour lui une question absolument insignifiante. Il emportait dans sa solitude des problèmes d'un intérêt autrement considérable que le sort du vieillard. Il possédait le secret de M. Kesselbach !

LA GRANDE COMBINAISON DE LUPIN

I

A son grand étonnement, le cachot lui fut épargné. M. Borély, en personne, vint lui dire, quelques heures plus tard, qu'il jugeait cette punition inutile.

« Plus qu'inutile, monsieur le directeur, dangereuse, répliqua Lupin... dangereuse, maladroite et séditieuse.

— Et en quoi ? fit M. Borély, que son pensionnaire inquiétait décidément de plus en plus.

— En ceci, monsieur le directeur. Vous arrivez à l'instant de la Préfecture de police où vous avez raconté à qui de droit la révolte du détenu Lupin, et où vous avez exhibé le permis de visite accordé au sieur Stripani. Votre excuse était toute simple, puisque, quand le sieur Stripani vous avait présenté le permis, vous aviez eu la précaution de téléphoner à la Préfecture et de manifester votre surprise, et que, à la Préfecture, on vous avait répondu que l'autorisation était parfaitement valable.

— Ah ! vous savez...

— Je le sais d'autant mieux que c'est un de mes agents qui vous a répondu à la Préfecture. Aussitôt, et sur votre demande, enquête immédiate de qui-de-droit, lequel qui-de-droit découvre que l'autorisation n'est autre chose qu'un faux établi... on est en train de chercher par qui... et soyez tranquille, on ne découvrira rien... »

M. Borély sourit, en manière de protestation.

« Alors, continua Lupin, on interroge mon ami Stripani qui ne fait aucune difficulté pour avouer son vrai nom, Steinweg ! Est-ce possible ? Mais en ce cas le détenu Lupin aurait réussi à introduire quelqu'un dans la prison de la Santé et à converser une heure avec lui ! Quel scandale ! Mieux vaut l'étouffer, n'est-cc pas ? On relâche M. Steinweg, et l'on envoie M. Borély comme ambassadeur auprès du détenu Lupin, avec tous pouvoirs pour acheter son silence. Est-ce vrai, monsieur le directeur ?

— Absolument vrai ! dit M. Borély, qui prit le parti de plaisanter pour cacher son embarras. On croirait que vous avez le don de double vue. Et alors, vous acceptez nos conditions ? »

Lupin éclata de rire.

« C'est-à-dire que je souscris à vos prières ! Oui, monsieur le directeur, rassurez ces messieurs de la Préfecture. Je me tairai. Après tout, j'ai assez de victoires à mon actif pour vous accorder la faveur de mon silence. Je ne ferai aucune communication à la presse... du moins sur ce sujet-là. »

C'était se réserver la liberté d'en faire sur d'autres sujets. Toute l'activité de Lupin, en effet, allait converger vers ce double but : correspondre avec ses amis, et, par eux, mener une de ces campagnes de presse où il excellait.

Dès l'instant de son arrestation, d'ailleurs, il avait donné les instructions nécessaires aux deux Doudeville, et il estimait que les préparatifs étaient sur le point d'aboutir.

Tous les jours il s'astreignait consciencieusement à la confection des enveloppes dont on lui apportait chaque matin les matériaux en paquets numérotés, et qu'on remportait chaque soir, pliées et enduites de colle.

Or, la distribution des paquets numérotés s'opérant toujours de la même façon entre les détenus qui avaient choisi ce genre de travail, inévitablement, le paquet distribué à Lupin devait chaque jour porter le même numéro d'ordre.

A l'expérience, le calcul se trouva juste. Il ne restait

plus qu'à suborner un des employés de l'entreprise particulière à laquelle étaient confiées la fourniture et l'expédition des enveloppes.

Ce fut facile.

Lupin, sûr de la réussite, attendait donc tranquillement que le signe, convenu entre ses amis et lui, apparût sur la feuille supérieure du paquet.

Le temps, d'ailleurs, s'écoulait rapide. Vers midi, il recevait la visite quotidienne de M. Formerie, et, en présence de maître Quimbel, son avocat, témoin taciturne, Lupin subissait un interrogatoire serré.

C'était sa joie. Ayant fini par convaincre M. Formerie de sa non-participation à l'assassinat du baron Altenheim, il avait avoué au juge d'instruction des forfaits absolument imaginaires, et les enquêtes aussitôt ordonnées par M. Formerie aboutissaient à des résultats ahurissants, à des méprises scandaleuses, où le public reconnaissait la façon personnelle du grand maître en ironie qu'était Lupin.

Petits jeux innocents, comme il disait. Ne fallait-il pas s'amuser ?

Mais l'heure des occupations plus graves approchait. Le cinquième jour, Arsène Lupin nota sur le paquet qu'on lui apporta le signe convenu, une marque d'ongle, en travers de la seconde feuille.

« Enfin, dit-il, nous y sommes. »

Il sortit d'une cachette une fiole minuscule, la déboucha, humecta l'extrémité de son index avec le liquide qu'elle contenait, et passa son doigt sur la troisième feuille du paquet.

Au bout d'un moment, des jambages se dessinèrent, puis des lettres, puis des mots et des phrases.

Il lut :

« *Tout va bien. Steinweg libre. Se cache en province. Geneviève Ernemont en bonne santé. Elle va souvent hôtel Bristol voir Mme Kesselbach malade. Elle y rencontre chaque fois Pierre Leduc. Répondez par même moyen. Aucun danger.* »

Ainsi donc, les communications avec l'extérieur étaient établies. Une fois de plus les efforts de Lupin étaient couronnés de succès. Il n'avait plus maintenant qu'à exécuter son plan, à mettre en valeur les confidences du vieux Steinweg, et à conquérir sa liberté par une des plus extraordinaires et géniales combinaisons qui eussent germé dans son cerveau.

Et trois jours plus tard, paraissaient dans le *Grand Journal*, ces quelques lignes :

« En dehors des mémoires de Bismarck, qui, d'après les gens bien informés, ne contiennent que l'histoire officielle des événements auxquels fut mêlé le grand Chancelier, il existe une série de lettres confidentielles d'un intérêt considérable.

« Ces lettres ont été retrouvées. Nous savons de bonne source qu'elles vont être publiées incessamment. »

On se rappelle le bruit que souleva dans le monde entier cette note énigmatique, les commentaires auxquels on se livra, les suppositions émises, en particulier les polémiques de la presse allemande. Qui avait inspiré ces lignes ? De quelles lettres était-il question ? Quelles personnes les avaient écrites au Chancelier, ou qui les avait reçues de lui ? Etait-ce une vengeance posthume ? ou bien une indiscrétion commise par un correspondant de Bismarck ?

Une seconde note fixa l'opinion sur certains points, mais en la surexcitant d'étrange manière.

Elle était ainsi conçue :

« Santé-Palace, cellule 14, 2e division.

Monsieur le Directeur du *Grand Journal*.

« Vous avez inséré dans votre numéro de mardi dernier un entrefilet rédigé d'après quelques mots qui m'ont échappé l'autre soir, au cours d'une conférence que j'ai faite à la Santé sur la politique étrangère. Cet entrefilet, véridique en ses parties essentielles, nécessite cependant une petite rectification. Les lettres existent bien, et nul ne peut en contester l'importance exceptionnelle, puisque, depuis dix ans, elles sont l'objet de recherches ininterrompues de la part du gouvernement intéressé. Mais personne ne sait où elles sont et personne ne connaît un seul mot de ce qu'elles contiennent...

« Le public, j'en suis sûr, ne m'en voudra pas de le faire attendre, avant de satisfaire sa légitime curiosité. Outre que je n'ai pas en main, tous les éléments nécessaires à la recherche de la vérité, mes occupations actuelles ne me permettent point de consacrer à cette affaire le temps que je voudrais.

« Tout ce que je puis dire pour le moment, c'est que ces lettres furent confiées par le mourant à l'un de ses amis les plus fidèles, et que cet ami eut à subir, par la suite, les lourdes conséquences de son dévouement. Espionnage, perquisitions domiciliaires, rien ne lui fut épargné.

« J'ai donné l'ordre aux deux meilleurs agents de ma police secrète de reprendre cette piste à son début, et je ne doute pas que, avant deux jours, je ne sois en mesure de percer à jour ce passionnant mystère.

« Signé : Arsène LUPIN. »

Ainsi donc, c'était Arsène Lupin qui menait l'affaire ! C'était lui qui, du fond de sa prison, mettait en scène la comédie ou la tragédie annoncée dans la première note. Quelle aventure ! On se réjouit. Avec un artiste comme lui, le spectacle ne pouvait manquer de pittoresque et d'imprévu.

Trois jours plus tard on lisait dans le *Grand Journal* :

« Le nom de l'ami dévoué auquel j'ai fait allusion m'a été livré. Il s'agit du grand-duc Hermann III, prince régnant. (quoique dépossédé) du grand-duché de Deux-Ponts-Veldenz, et confident de Bismarck, dont il avait toute l'amitié.

« Une perquisiton fut faite à son domicile par le comte de W... accompagné de douze hommes. Le résultat de cette perquisition fut négatif, mais la preuve n'en fut pas moins établie que le grand-duc était en possession des papiers.

« Où les avait-il cachés ? C'est une question que nul au monde, probablement, ne saurait résoudre à l'heure actuelle.

« Je demande vingt-quatre heures pour la résoudre.

« Signé : Arsène LUPIN. »

De fait, vingt-quatre heures après, la note promise parut :

« Les fameuses lettres sont cachées dans le château féodal de Veldenz, chef-lieu du grand-duché de Deux-Ponts, château en partie dévasté au cours du XIXe siè-cle.

« A quel endroit exact ? Et que sont au juste ces lettres ? Tels sont les deux problèmes que je m'occupe à déchiffrer et dont j'exposerai la solution dans quatre jours.

« Signé : Arsène LUPIN. »

Au jour annoncé on s'arracha le *Grand Journal*. A la déception de tous, les renseignements promis ne s'y trouvaient pas. Le lendemain même silence, et le sur-lendemain également.

Qu'était-il donc advenu ?

On le sut par une indiscrétion commise à la Préfecture de police. Le directeur de la Santé avait été averti, paraît-il, que Lupin communiquait avec ses complices grâce aux paquets d'enveloppes qu'il confectionnait. On n'avait rien pu découvrir, mais, à tout hasard, on avait interdit tout travail à l'insupportable détenu.

Ce à quoi l'insupportable détenu avait répliqué :

« Puisque je n'ai plus rien à faire, je vais m'occuper de mon procès. Qu'on prévienne mon avocat, le bâtonnier Quimbel »

C'était vrai. Lupin, qui, jusqu'ici, avait refusé toute conversation avec maître Quimbel, consentait à le recevoir et à préparer sa défense.

Le lendemain même, maître Quimbel, tout joyeux, demandait Lupin au parloir des avocats.

C'était un homme âgé, qui portait des lunettes dont les verres très grossissants lui faisaient des yeux énormes. Il posa son chapeau sur la table, étala sa serviette et adressa tout de suite une série de questions qu'il avait préparées soigneusement.

Lupin y répondit avec une extrême complaisance, se perdant même en une infinité de détails que maître Quimbel notait aussitôt sur des fiches épinglées les unes au-dessus des autres.

« Et alors, reprenait l'avocat, la tête penchée sur le papier, vous dites qu'à cette époque...

— Je dis qu'à cette époque », répliquait Lupin...

Insensiblement, par petits gestes, tout naturels, il s'était accoudé à la table. Il baissa le bras peu à peu, glissa la main sous le chapeau de maître Quimbel, introduisit son doigt à l'intérieur du cuir, et saisit une de ces bandes de papier pliées en long que l'on insère entre le cuir et la doublure quand le chapeau est trop grand.

Il déplia le papier. C'était un message de Doudeville, rédigé en signes convenus.

« Je suis engagé comme valet de chambre chez maître Quimbel. Vous pouvez sans crainte me répondre par la même voie.

« C'est L... M... l'assassin, qui a dénoncé le truc des enveloppes. Heureusement que vous aviez prévu le coup ! »

Suivait un compte rendu minutieux de tous les faits

et commentaires suscités par les divulgations de Lupin.

Lupin sortit de sa poche une bande de papier analogue contenant ses instructions, la substitua doucement à l'autre, et ramena sa main vers lui. Le tour était joué.

Et la correspondance de Lupin avec le *Grand Journal* reprit sans plus tarder.

« Je m'excuse auprès du public d'avoir manqué à ma promesse. Le service postal de Santé-Palace est déplorable.

« D'ailleurs, nous touchons au terme. J'ai en main tous les documents qui établissent la vérité sur des bases indiscutables. J'attendrai pour les publier. Qu'on sache néanmoins ceci : parmi les lettres il en est qui furent adressées au Chancelier par celui qui se déclarait alors son élève et son admirateur, et qui devait, plusieurs années après, se débarrasser de ce tuteur gênant et gouverner par lui-même.

« Me fais-je suffisamment comprendre ? »

Et le lendemain :

« Ces lettres furent écrites pendant la maladie du dernier empereur. Est-ce assez dire toute leur importance ? »

Quatre jours de silence, et puis cette dernière note dont on n'a pas oublié le retentissement :

« Mon enquête est finie. Maintenant je connais tout. A force de réfléchir, j'ai deviné le secret de la cachette.

« Mes amis vont se rendre à Veldenz, et, malgré tous les obstacles, pénétreront dans le château par une issue que je leur indique.

« Les journaux publieront alors la photographie de ces lettres, dont je connais déjà la teneur, mais que je veux reproduire dans leur texte intégral.

« Cette publication certaine, inéluctable, aura lieu dans deux semaines, jour pour jour, le 22 août prochain.

« D'ici là, je me tais... et j'attends. »

Les communications au *Grand Journal* furent, en effet, interrompues, mais Lupin ne cessa point de correspondre avec ses amis, par la voie « du chapeau », comme ils disaient entre eux. C'était si simple ! Aucun danger. Qui pourrait jamais pressentir que le chapeau de maître Quimbel servait à Lupin de boîte aux lettres ?

Tous les deux ou trois matins, à chaque visite, le célèbre avocat apportait fidèlement le courrier de son client, lettres de Paris, lettres de province, lettres d'Allemagne, tout cela réduit, condensé par Doudeville, en formules brèves et en langage chiffré.

Et une heure après, maître Quimbel remportait gravement les ordres de Lupin.

Or, un jour, le directeur de la Santé reçut un message téléphonique signé L... M..., l'avisant que maître Quimbel devait, selon toutes probabilités, servir à Lupin de facteur inconscient, et qu'il y aurait intérêt à surveiller les visites du bonhomme.

Le directeur avertit maître Quimbel, qui résolut alors de se faire accompagner par son secrétaire.

Ainsi cette fois encore, malgré tous les efforts de Lupin, malgré sa fécondité d'invention, malgré les miracles d'ingéniosité qu'il renouvelait après chaque défaite, une fois encore Lupin se trouvait séparé du monde extérieur par le génie infernal de son formidable adversaire.

Et il s'en trouvait séparé à l'instant le plus critique, à la minute solennelle où, du fond de sa cellule, il jouait son dernier atout contre les forces coalisées qui l'accablaient si terriblement.

Le 13 août, comme il était assis en face des deux avocats, son attention fut attirée par un journal qui enveloppait certains papiers de maître Quimbel. Comme titre, en gros caractères : « 813 ».

Comme sous-titre : *Un nouvel assassinat. L'agitation en Allemagne. Le secret d'Apoon serait-il découvert ?*

Lupin pâlit d'angoisse. En dessous il avait lu ces mots :

« Deux dépêches sensationnelles nous arrivent en dernière heure.

« On a retrouvé près d'Augsbourg le cadavre d'un vieillard égorgé d'un coup de couteau. Son identité a pu être établie : c'est le sieur Steinweg, dont il a été question dans l'affaire Kesselbach.

« D'autre part, on nous télégraphie que le fameux détective anglais, Herlock Sholmès, a été mandé en toute hâte, à Cologne. Il s'y rencontrera avec l'Empereur, et, de là, ils se rendront tous deux au château de Veldenz.

« Herlock Sholmès aurait pris l'engagement de découvrir le secret de l'Apoon.

« S'il réussit, ce sera l'avortement impitoyable de l'incompréhensible campagne qu'Arsène Lupin mène depuis un mois de si étrange façon. »

III

Jamais peut-être la curiosité publique ne fut secouée autant que par le duel annoncé entre Sholmès et Lupin, duel invisible en la circonstance, anonyme, pourrait-on dire, — mais duel impressionnant par tout le scandale qui se produisait autour de l'aventure, et par l'enjeu que se disputaient les deux ennemis irréconciliables, opposés l'un à l'autre cette fois encore.

Et il ne s'agissait pas de petits intérêts particuliers, d'insignifiants cambriolages, de misérables passions individuelles mais d'une affaire vraiment mondiale, où la politique de trois grandes nations de l'Occident était engagée, et qui pouvait troubler la paix de l'univers.

N'oublions pas qu'à cette époque la crise du Maroc était déjà ouverte. Une étincelle, et c'était la conflagration.

On attendait donc anxieusement, et l'on ne savait pas au juste ce que l'on attendait. Car enfin, si le détective sortait vainqueur du duel, s'il trouvait les lettres, qui le saurait ? Quelle preuve aurait-on de ce triomphe ?

Au fond, l'on n'espérait qu'en Lupin, en son habitude connue de prendre le public à témoin de ses actes. Qu'allait-il faire ? Comment pourrait-il conjurer l'effroyable danger qui le menaçait ? En avait-il seulement connaissance ?

Entre les quatre murs de sa cellule, le détenu n° 14 se posait à peu près les mêmes questions, et ce n'était pas une vaine curiosité qui le stimulait, lui, mais une inquiétude réelle, une angoisse de tous les instants.

Il se sentait irrévocablement seul, avec des mains impuissantes, une volonté impuissante, un cerveau impuissant. Qu'il fût habile, ingénieux, intrépide, héroïque, cela ne servait à rien. La lutte se poursuivait en dehors de lui. Maintenant son rôle était fini. Il avait assemblé les pièces et tendu tous les ressorts de la grande machine qui devait produire, qui devait en quelque sorte fabriquer mécaniquement sa liberté, et il lui était impossible de faire aucun geste pour perfectionner et surveiller son œuvre. A date fixe, le déclenchement aurait lieu. D'ici là, mille incidents contraires pouvaient surgir, mille obstacles se dresser, sans qu'il eût le moyen de combattre ces incidents ni d'aplanir ces obstacles.

Lupin connut alors les heures les plus douloureuses de sa vie. Il douta de lui. Il se demanda si son existence ne s'enterrerait pas dans l'horreur du bagne.

Ne s'était-il pas trompé dans ses calculs ? N'était-il pas enfantin de croire que, à date fixe, se produirait l'événement libérateur ?

« Folie ! s'écriait-il, mon raisonnement est faux... Comment admettre pareil concours de circonstances ? Il y aura un petit fait qui détruira tout... le grain de sable... »

La mort de Steinweg et la disparition des documents que le vieillard devait lui remettre ne le troublaient point. Les documents, il lui eût été possible, à la rigueur, de s'en passer, et, avec les quelques paroles que lui avait dites Steinweg, il pouvait, à force de divination et de génie, reconstituer ce que contenaient les lettres de l'Empereur, et dresser le plan de bataille qui lui donnerait la victoire. Mais il songeait à Herlock Sholmès qui était là-bas, lui, au centre même du champ de bataille, et qui cherchait, et qui trouverait les lettres, démolissant ainsi l'édifice si patiemment bâti.

Et il songeait à l'*Autre*, à l'Ennemi implacable, embusqué autour de la prison, caché dans la prison peut-être, et qui devinait ses plans les plus secrets, avant même qu'ils ne fussent éclos dans le mystère de sa pensée.

Le 17 août... le 18 août... le 19... Encore deux jours... Deux siècles, plutôt ! Oh ! les interminables minutes ! Si calme d'ordinaire, si maître de lui, si ingénieux à se divertir, Lupin était fébrile, tour à tour exubérant et déprimé, sans force contre l'ennemi, défiant de tout, morose.

Le 20 août...

Il eût voulu agir et il ne le pouvait pas. Quoi qu'il fît, il lui était impossible d'avancer l'heure du dénouement. Ce dénouement aurait lieu ou n'aurait pas lieu, mais Lupin n'aurait point de certitude avant que la dernière heure du dernier jour se fût écoulée jusqu'à la dernière minute. Seulement alors il saurait l'échec définitif de sa combinaison.

« Echec inévitable, ne cessait-il de répéter, la réussite dépend de circonstances trop subtiles, et ne peut être obtenue que par des moyens trop psychologiques... Il est hors de doute que je m'illusionne sur la valeur et sur la portée de mes armes... Et pourtant... »

L'espoir lui revenait. Il pesait ses chances. Elles lui semblaient soudain réelles et formidables. Le fait allait se produire ainsi qu'il l'avait prévu, et pour les raisons mêmes qu'il avait escomptées. C'était iné-vitable...

Oui, inévitable. A moins, toutefois, que Sholmès ne trouvât la cachette...

Et de nouveau, il pensait à Sholmès, et de nouveau un immense découragement l'accablait.

Le dernier jour...

Il se réveilla tard, après une nuit de mauvais rêves.

Il ne vit personne, ce jour-là, ni le juge d'instruction, ni son avocat.

L'après-midi se traîna, lent et morne, et le soir vint, le soir ténébreux des cellules... Il eut la fièvre. Son cœur dansait dans sa poitrine comme une bête affolée...

Et les minutes passaient, irréparables...

A neuf heures, rien. A dix heures, rien.

De tous ses nerfs, tendus comme la corde d'un arc, il écoutait les bruits indistincts de la prison, tâchait de saisir à travers ces murs inexorables tout ce qui pouvait sourdre de la vie extérieure.

Oh ! comme il eût voulu arrêter la marche du temps, et laisser au destin un peu plus de loisirs !

Mais à quoi bon ! Tout n'était-il pas terminé ?

« Ah ! s'écria-t-il, je deviens fou. Que tout cela finisse !... ça vaut mieux. Je recommencerai autrement... j'essaierai autre chose... mais je ne peux plus, je ne peux plus. »

Il se tenait la tête à pleines mains, serrant de toutes ses forces, s'enfermant en lui-même et concentrant toute sa pensée sur un même objet, comme s'il voulait créer l'événement formidable, stupéfiant, *inadmissible*, auquel il avait attaché son indépendance et sa fortune.

« Il faut que cela soit, murmura-t-il, il le faut, et il le faut, non pas parce que je le veux, mais parce que c'est logique. Et cela sera... cela sera... »

Il se frappa le crâne à coups de poing, et des mots de délire lui montèrent aux lèvres...

La serrure grinça. Dans sa rage, il n'avait pas entendu le bruit des pas dans le couloir, et voilà tout à coup qu'un rayon de lumière pénétrait dans sa cellule et que la porte s'ouvrait.

Trois hommes entrèrent.

Lupin n'eut pas un instant de surprise.

Le miracle inouï s'accomplissait, et cela lui parut immédiatement naturel, normal, en accord parfait avec la vérité et la justice.

Mais un flot d'orgueil l'inonda. A cette minute vraiment, il eut la sensation nette de sa force et de son intelligence.

« Je dois allumer l'électricité ? dit un des trois hommes, en qui Lupin reconnut le directeur de la prison.

— Non, répondit le plus grand de ses compagnons avec un accent étranger... Cette lanterne suffit.

— Je dois partir ?

— Faites selon votre devoir, monsieur, déclara le même individu.

— D'après les instructions que m'a données le préfet de police, je dois me conformer entièrement à vos désirs.

— En ce cas, monsieur, il est préférable que vous vous retiriez. »

M. Borély s'en alla, laissant la porte entrouverte, et resta dehors, à portée de la voix.

Le visiteur s'entretint un moment avec celui qui n'avait pas encore parlé, et Lupin tâchait vainement de distinguer dans l'ombre leurs physionomies. Il ne voyait que des silhouettes noires, vêtues d'amples manteaux d'automobilistes et coiffées de casquettes aux pans rabattus.

« Vous êtes bien Arsène Lupin ? » dit l'homme, en lui projetant en pleine face la lumière de la lanterne.

Il sourit.

« Oui, je suis le nommé Arsène Lupin, actuellement détenu à la Santé, cellule 14, deuxième division.

— C'est bien vous, continua le visiteur, qui avez publié, dans le *Grand Journal*, une série de notes plus ou moins fantaisistes, où il est question de soi-disant lettres... »

Lupin l'interrompit :

« Pardon, monsieur, mais avant de continuer cet entretien, dont le but, entre nous, ne m'apparaît pas bien clairement, je vous serais très reconnaissant de me dire à qui j'ai l'honneur de parler.

— Absolument inutile, répliqua l'étranger.

— Absolument indispensable, affirma Lupin.

— Pourquoi ?

— Pour des raisons de politesse, monsieur. Vous savez mon nom, je ne sais pas le vôtre ; il y a là un manque de correction que je ne puis souffrir. »

L'étranger s'impatienta.

« Le fait seul que le directeur de cette prison nous ait introduits prouve...

— Que M. Borély ignore les convenances, dit Lupin. M. Borély devait nous présenter l'un à l'autre. Nous sommes ici de pair, monsieur. Il n'y a pas un supérieur et un subalterne, un prisonnier et un visiteur qui condescend à le voir. Il y a deux hommes, et l'un de ces deux hommes a sur la tête un chapeau qu'il ne devrait pas avoir.

— Ah ! çà, mais...

— Prenez la leçon comme il vous plaira, monsieur », dit Lupin.

L'étranger s'approcha et voulut parler.

« Le chapeau d'abord, reprit Lupin, le chapeau...

— Vous m'écouterez !

— Non.

— Si.

— Non. »

Les choses s'envenimaient stupidement. Celui des deux étrangers qui s'était tu, posa sa main sur l'épaule de son compagnon et lui dit en allemand :

« Laisse-moi faire.

— Comment ! Il est entendu...

— Tais-toi et va-t'en.

— Que je vous laisse seul...

— Oui.

— Mais la porte ?...

— Tu la fermeras et tu t'éloigneras...

— Mais cet homme... vous le connaissez... Arsène Lupin...

— Va-t'en. »

L'autre sortit en maugréant.

« Tire donc la porte, cria le second visiteur... Mieux que cela... Tout à fait... Bien... »

Alors il se retourna, prit la lanterne et l'éleva peu à peu.

« Dois-je vous dire qui je suis ? demanda-t-il.

— Non, répondit Lupin.

— Et pourquoi ?

— Parce que je le sais.
— Ah !
— Vous êtes celui que j'attendais.
— Moi !
— Oui, Sire. »

CHARLEMAGNE

I

« Silence, dit vivement l'étranger. Ne prononcez pas ce mot-là.

— Comment dois-je appeler Votre... ?

— D'aucun nom. »

Ils se turent tous les deux, et ce moment de répit n'était pas de ceux qui précèdent la lutte de deux adversaires prêts à combattre. L'étranger allait et venait, en maître qui a coutume de commander et d'être obéi. Lupin, immobile, n'avait plus son attitude ordinaire de provocation ni son sourire d'ironie. Il attendait, le visage grave. Mais, au fond de son être, ardemment, follement, il jouissait de la situation prodigieuse où il se trouvait, là, dans cette cellule de prisonnier, lui détenu, lui l'aventurier, lui l'escroc et le cambrioleur, lui, Arsène Lupin... et, en face de lui, ce demi-dieu du monde moderne, entité formidable, héritier de César et de Charlemagne.

Sa propre puissance le grisa un moment. Il eut des larmes aux yeux, en songeant à son triomphe.

L'étranger s'arrêta.

Et tout de suite, dès la première phrase, on fut au cœur de la position.

« C'est demain le 22 août. Les lettres doivent être publiées demain, n'est-ce pas ?

— Cette nuit même. Dans deux heures, mes amis doivent déposer au *Grand Journal,* non pas encore les lettres, mais la liste exacte de ces lettres, annotée par le grand-duc Hermann.

— Cette liste ne sera pas déposée.

— Elle ne le sera pas.

— Vous me la remettrez.

— Elle sera remise entre les mains de Votre... entre vos mains.

— Toutes les lettres également.

— Toutes les lettres également.

— Sans qu'aucune ait été photographiée.

— Sans qu'aucune ait été photographiée. »

L'étranger parlait d'une voix calme, où il n'y avait pas le moindre accent de prière, pas la moindre inflexion d'autorité. Il n'ordonnait ni ne questionnait : il énonçait les actes inévitables d'Arsène Lupin. Cela serait ainsi. Et cela serait, quelles que fussent les exigences d'Arsène Lupin, quel que fût le prix auquel il taxerait l'accomplissement de ces actes. D'avance, les conditions étaient acceptées.

« Bigre, se dit Lupin, j'ai affaire à forte partie. Si l'on s'adresse à ma générosité, je suis perdu. »

La façon même dont la conversation était engagée, la franchise des paroles, la séduction de la voix et des manières, tout lui plaisait infiniment.

Il se raidit pour ne pas faiblir et pour ne pas abandonner tous les avantages qu'il avait conquis si âprement.

Et l'étranger reprit :

« Vous avez lu ces lettres ?

— Non.

— Mais quelqu'un des vôtres les a lues ?

— Non.

— Alors ?

— Alors, j'ai la liste et les annotations du grand-duc. Et en outre, je connais la cachette où il a mis tous ses papiers.

— Pourquoi ne les avez-vous pas pris déjà ?

— Je ne connais le secret de la cachette que depuis mon séjour ici. Actuellement, mes amis sont en route.

— Le château est gardé : deux cents de mes hommes les plus sûrs l'occupent.

— Dix mille ne suffiraient pas. »

Après une minute de réflexion, le visiteur demanda :

« Comment connaissez-vous le secret ?

— Je l'ai deviné.

— Mais vous aviez d'autres informations, des éléments que les journaux n'ont pas publiés ?

— Rien.

— Cependant, durant quatre jours, j'ai fait fouiller le château...

— Herlock Sholmès a mal cherché.

— Ah ! fit l'étranger en lui-même, c'est bizarre... c'est bizarre... Et vous êtes sûr que votre supposition est juste ?

— Ce n'est pas une supposition, c'est une certitude.

— Tant mieux, tant mieux, murmura-t-il... Il n'y aura de tranquillité que quand ces papiers n'existeront plus. »

Et, se plaçant brusquement en face d'Arsène Lupin :

« Combien ?

— Quoi ? dit Lupin interloqué.

— Combien pour les papiers ? Combien pour la révélation du secret ? »

Il attendait un chiffre. Il proposa lui-même :

« Cinquante mille... cent mille ?... »

Et comme Lupin ne répondait pas, il dit, avec un peu d'hésitation :

« Davantage ? Deux cent mille ? Soit ! J'accepte. »

Lupin sourit et dit à voix basse :

« Le chiffre est joli. Mais n'est-il point probable que tel monarque, mettons le roi d'Angleterre, irait jusqu'au million ? En toute sincérité ?

— Je le crois.

— Et que ces lettres, pour l'Empereur, n'ont pas de prix, qu'elles valent aussi bien deux millions que deux cent mille francs... aussi bien trois millions que deux millions ?

— Je le pense.

— Et, *s'il le fallait*, l'Empereur les donnerait, ces trois millions ?

— Oui.

— Alors, l'accord sera facile.

— Sur cette base ? s'écria l'étranger non sans inquiétude.

— Sur cette base, non... Je ne cherche pas l'argent. C'est autre chose que je désire, une autre chose qui vaut beaucoup plus pour moi que des millions.

— Quoi ?

— La liberté. »

L'étranger sursauta :

« Hein ! votre liberté... mais je ne puis rien... Cela regarde votre pays... la justice... Je n'ai aucun pouvoir. »

Lupin s'approcha et, baissant encore la voix :

« Vous avez tout pouvoir, Sire... Ma liberté n'est pas un événement si exceptionnel qu'on doive vous opposer un refus.

— Il me faudrait donc la demander ?

— Oui.

— A qui ?

— A Valenglay, président du Conseil des ministres.

— Mais M. Valenglay lui-même ne peut pas plus que moi...

— Il peut m'ouvrir les portes de cette prison.

— Ce serait un scandale.

— Quand je dis : ouvrir... entrouvrir me suffirait... On simulerait une évasion... le public s'y attend tellement qu'il n'exigerait aucun compte.

— Soit... soit... Mais jamais M. Valenglay ne consentira...

— Il consentira.

— Pourquoi ?

— Parce que vous lui en exprimerez le désir.

— Mes désirs ne sont pas des ordres pour lui.

— Non, mais entre gouvernements, ce sont des choses qui se font. Et Valenglay est trop politique...

— Allons donc, vous croyez que le gouvernement français va commettre un acte aussi arbitraire pour la seule joie de m'être agréable ?

— Cette joie ne sera pas la seule.

— Quelle sera l'autre ?

— La joie de servir la France en acceptant la proposition qui accompagnera la demande de liberté.

— Je ferai une proposition, moi ?

— Oui, Sire.

— Laquelle ?

— Je ne sais pas, mais il me semble qu'il existe toujours un terrain favorable pour s'entendre... il y a des possibilités d'accord... »

L'étranger le regardait, sans comprendre. Lupin se pencha, et, comme s'il cherchait ses paroles, comme s'il imaginait une hypothèse :

« Je suppose que deux pays soient divisés par une question insignifiante... qu'ils aient un point de vue différent sur une affaire secondaire... une affaire coloniale, par exemple, où leur amour-propre soit en jeu plutôt que leurs intérêts... Est-il impossible que le chef d'un de ces pays en arrive de lui-même à traiter cette affaire dans un esprit de conciliation nouveau ?... et à donner les instructions nécessaires... pour...

— Pour que je laisse le Maroc à la France », dit l'étranger en éclatant de rire.

L'idée que suggérait Lupin lui semblait la chose du monde la plus comique, et il riait de bon cœur. Il y avait une telle disproportion entre le but à atteindre et les moyens offerts !

« Evidemment... évidemment... reprit l'étranger, s'efforçant en vain de reprendre son sérieux, évidemment l'idée est originale... Toute la politique moderne bouleversée pour qu'Arsène Lupin soit libre ! les desseins de l'Empire détruits, pour permettre à Arsène Lupin de continuer ses exploits !... Non, mais pourquoi ne me demandez-vous pas l'Alsace et la Lorraine ?

— J'y ai pensé, Sire », dit Lupin.

L'étranger redoubla d'allégresse.

« Admirable ! Et vous m'avez fait grâce ?

— Pour cette fois, oui. »

Lupin s'était croisé les bras Lui aussi s'amusait à exagérer son rôle, il continua avec un sérieux affecté :

« Il peut se produire un jour une série de circonstances telles que j'aie entre les mains le pouvoir de *réclamer* et d'*obtenir* cette restitution. Ce jour-là, je n'y manquerai certes pas. Pour l'instant, les armes dont je dispose m'obligent à plus de modestie. La paix du Maroc me suffit.

— Rien que cela ?

— Rien que cela.

— Le Maroc contre votre liberté ?

— Pas davantage... ou plutôt, car il ne faut pas perdre absolument de vue l'objet même de cette conversation, ou plutôt : un peu de bonne volonté de la part de l'un des deux grands pays en question... et, en échange, l'abandon des lettres qui sont en mon pouvoir.

— Ces lettres !... Ces lettres !... murmura l'étranger avec irritation... Après tout, elles ne sont peut-être pas d'une valeur...

— Il en est de votre main, Sire, et auxquelles vous avez attribué assez de valeur pour venir à moi jusque dans cette cellule.

— Eh bien, qu'importe ?

— Mais il en est d'autres dont vous ne connaissez pas la provenance, et sur lesquelles je puis vous fournir quelques renseignements.

— Ah ! » répondit l'étranger, l'air inquiet.

Lupin hésita.

« Parlez, parlez sans détours, ordonna l'étranger... parlez nettement. »

Dans le silence profond, Lupin déclara avec une certaine solennité :

« Il y a vingt ans, un projet de traité fut élaboré entre l'Allemagne, l'Angleterre et la France.

— C'est faux ! C'est impossible ! Qui aurait pu ?...

— Le père de l'Empereur actuel et la reine d'Angleterre, sa grand-mère, tous deux sous l'influence de l'Impératrice.

— Impossible ! je répète que c'est impossible !

— La correspondance est dans la cachette du château de Veldenz, cachette dont je suis seul à savoir le secret. »

L'étranger allait et venait avec agitation.

Il s'arrêta et dit :

« Le texte du traité fait partie de cette correspondance ?

— Oui, Sire. Il est de la main même de votre père.

— Et que dit-il ?

— Par ce traité, l'Angleterre et la France concédaient et promettaient à l'Allemagne un empire colonial immense, cet empire qu'elle n'a pas et qui lui est indispensable aujourd'hui pour assurer sa grandeur, assez grand pour qu'elle abandonne ses rêves d'hégémonie, et qu'elle se résigne à n'être... que ce qu'elle est.

— Et contre cet empire, l'Angleterre exigeait ?

— La limitation de la flotte allemande.

— Et la France ?

— L'Alsace et la Lorraine. »

L'Empereur se tut, appuyé contre la table, pensif. Lupin poursuivit :

« Tout était prêt. Les cabinets de Paris et de Londres, pressentis, acquiesçaient. C'était chose faite. Le grand traité d'alliance allait se conclure, fondant la paix universelle et définitive. La mort de votre père anéantit ce beau rêve. Mais je demande à Votre Majesté ce que pensera son peuple, ce que pensera le monde quand on saura que Frédéric III, un des héros de 70, un Allemand, un Allemand pur sang, respecté de tous ses concitoyens et même de ses ennemis, acceptait, et par conséquent considérait comme juste, la restitution de l'Alsace-Lorraine ? »

Il se tut un instant, laissant le problème se poser en termes précis devant la conscience de l'Empereur, devant sa conscience d'homme, de fils et de souverain.

Puis il conclut :

« C'est à Sa Majesté de savoir si elle veut ou si elle ne veut pas que l'histoire enregistre ce traité. Quant à moi, Sire, vous voyez que mon humble personnalité n'a pas beaucoup de place dans ce débat. »

Un long silence suivit les paroles de Lupin. Il attendit, l'âme angoissée. C'était son destin qui se jouait, en
cette minute qu'il avait conçue, et qu'il avait en quelque sorte mise au monde avec tant d'efforts et tant
d'obstination... Minute historique née de son cerveau,
et où son « humble personnalité », quoi qu'il en dît,
pesait lourdement sur le sort des empires et sur la paix
du monde...

En face, dans l'ombre, César méditait.

Qu'allait-il dire ? Quelle solution allait-il donner au
problème ?

Il marcha en travers de la cellule, pendant quelques
instants qui parurent interminables à Lupin.

Puis il s'arrêta et dit :

« Il y a d'autres conditions ?

— Oui, Sire, mais insignifiantes.

— Lesquelles ?

— J'ai retrouvé le fils du grand-duc de Deux-Ponts-
Veldenz. Le grand-duché lui sera rendu.

— Et puis ?

— Il aime une jeune fille, qui l'aime également, la
plus belle et la plus vertueuse des femmes. Il épousera
cette jeune fille.

— Et puis ?

— C'est tout.

— Il n'y a plus rien ?

— Rien. Il ne reste plus à Votre Majesté qu'à faire
porter cette lettre au directeur du *Grand Journal* pour
qu'il détruise, sans le lire, l'article qu'il va recevoir d'un
moment à l'autre. »

Lupin tendit la lettre, le cœur serré, la main tremblante. Si l'Empereur la prenait, c'était la marque de
son acceptation.

L'Empereur hésita, puis d'un geste furieux, il prit la
lettre, remit son chapeau, s'enveloppa dans son vête-
ment, et sortit sans un mot.

Lupin demeura quelques secondes chancelant,
comme étourdi...

Puis, tout à coup, il tomba sur sa chaise en criant de
joie et d'orgueil...

II

« Monsieur le juge d'instruction, c'est aujourd'hui que j'ai le regret de vous faire mes adieux.

— Comment, monsieur Lupin, vous auriez donc l'intention de nous quitter ?

— A contrecœur, monsieur le juge d'instruction, soyez-en sûr, car nos relations étaient d'une cordialité charmante. Mais il n'y a pas de plaisir sans fin. Ma cure à Santé-Palace est terminée. D'autres devoirs me réclament. Il faut que je m'évade cette nuit.

— Bonne chance donc, monsieur Lupin.

— Je vous remercie, monsieur le juge d'instruction. »

Arsène Lupin attendit alors patiemment l'heure de son évasion, non sans se demander comment elle s'effectuerait, et par quels moyens la France et l'Allemagne, réunies pour cette œuvre méritoire, arriveraient à la réaliser sans trop de scandale.

Au milieu de l'après-midi, le gardien lui enjoignit de se rendre dans la cour d'entrée. Il y alla vivement et trouva le directeur qui le remit entre les mains de M. Weber, lequel M. Weber le fit monter dans une automobile où quelqu'un déjà avait pris place.

Tout de suite, Lupin eut un accès de fou rire.

« Comment ! c'est toi, mon pauvre Weber, c'est toi qui écopes de la corvée ! C'est toi qui seras responsable de mon évasion ? Avoue que tu n'as pas de veine ! Ah ! mon pauvre vieux, quelle tuile ! Illustré par mon arrestation, te voilà immortel maintenant par mon évasion. »

Il regarda l'autre personnage.

« Allons, bon, monsieur le préfet de police, vous êtes aussi dans l'affaire ? Fichu cadeau qu'on vous a fait là, hein ? Si j'ai un conseil à vous donner, c'est de rester dans la coulisse. A Weber tout l'honneur ! Ça lui revient de droit... Il est solide, le bougre !... »

On filait vite, le long de la Seine et par Boulogne. A Saint-Cloud on traversa.

« Parfait, s'écria Lupin, nous allons à Garches ! On a besoin de moi pour reconstituer la mort d'Altenheim. Nous descendrons dans les souterrains, je disparaîtrai, et l'on dira que je me suis évanoui par une autre issue, connue de moi seul. Dieu ! que c'est idiot ! »

Il semblait désolé.

« Idiot, du dernier idiot ! je rougis de honte... Et voilà les gens qui nous gouvernent !... Quelle époque ! Mais malheureux, il fallait vous adresser à moi. Je vous aurais confectionné une petite évasion de choix, genre miracle. J'ai ça dans mes cartons ! Le public aurait hurlé au prodige et se serait trémoussé de contentement. Au lieu de cela... Enfin, il est vrai que vous avez été pris un peu de court... Mais tout de même... »

Le programme était bien tel que Lupin l'avait prévu. On pénétra par la maison de retraite jusqu'au pavillon Hortense. Lupin et ses deux compagnons descendirent et traversèrent le souterrain. A l'extrémité, le sous-chef lui dit :

« Vous êtes libre.

— Et voilà ! dit Lupin, ce n'est pas plus malin que ça ! Tous mes remerciements, mon cher Weber, et mes excuses pour le dérangement. Monsieur le préfet, mes hommages à votre dame. »

Il remonta l'escalier qui conduisait à la villa des Glycines, souleva la trappe et sauta dans la pièce.

Une main s'abattit sur son épaule.

En face de lui se trouvait son premier visiteur de la veille, celui qui accompagnait l'Empereur. Quatre hommes le flanquaient de droite et de gauche.

« Ah ! çà mais, dit Lupin, qu'est-ce que c'est que cette plaisanterie ? Je ne suis donc pas libre ?

— Si, si, grogna l'Allemand de sa voix rude, vous êtes libre... libre de voyager avec nous cinq... si ça vous va. »

Lupin le contempla une seconde avec l'envie folle de lui apprendre la valeur d'un coup de poing sur le nez.

Mais les cinq hommes semblaient diablement résolus. Leur chef n'avait pas pour lui une tendresse exagérée, et il pensa que le gaillard serait trop heureux d'employer les moyens extrêmes. Et puis, après tout, que lui importait ?

Il ricana :

« Si ça me va ! Mais c'était mon rêve ! »

Dans la cour, une forte limousine attendait. Deux hommes montèrent en avant, deux autres à l'intérieur. Lupin et l'étranger s'installèrent sur la banquette du fond.

« En route, s'écria Lupin en allemand, en route pour Veldenz. »

Le comte lui dit :

« Silence ! ces gens-là ne doivent rien savoir. Parlez français. Ils ne comprennent pas. Mais pourquoi parler ?

— Au fait, se dit Lupin, pourquoi parler ? »

Tout le soir et toute la nuit on roula, sans aucun incident. Deux fois on fit de l'essence dans de petites villes endormies.

A tour de rôle, les Allemands veillèrent leur prisonnier qui, lui, n'ouvrit les yeux qu'au petit matin...

On s'arrêta pour le premier repas, dans une auberge située sur une colline, près de laquelle il y avait un poteau indicateur. Lupin vit qu'on se trouvait à égale distance de Metz et de Luxembourg. Là on prit une route qui obliquait vers le nord-est du côté de Trèves.

Lupin dit à son compagnon de voyage :

« C'est bien au comte de Waldemar que j'ai l'honneur de parler, au confident de l'Empereur, à celui qui fouilla la maison d'Hermann III à Dresde ? »

L'étranger demeura muet.

« Toi, mon petit, pensa Lupin, tu as une tête qui ne me revient pas. Je me la paierai un jour ou l'autre. Tu es laid, tu es gros, tu es massif ; bref, tu me déplais. »

Et il ajouta à haute voix :

« Monsieur le comte a tort de ne pas me répondre. Je parlais dans son intérêt : j'ai vu, au moment où nous remontions, une automobile qui débouchait derrière nous à l'horizon. Vous l'avez vue ?

— Non, pourquoi ?

— Pour rien.

— Cependant...

— Mais non, rien du tout... une simple remarque... D'ailleurs, nous avons dix minutes d'avance... et notre voiture est pour le moins une quarante chevaux.

— Une soixante, fit l'Allemand, qui l'observa du coin de l'œil avec inquiétude.

— Oh ! alors, nous sommes tranquilles. »

On escalada une petite rampe. Tout en haut, le comte se pencha à la portière.

« Sacré nom ! jura-t-il.

— Quoi ? » fit Lupin.

Le comte se retourna vers lui, et d'une voix menaçante :

« Gare à vous... S'il arrive quelque chose, tant pis.

— Eh ! eh ! il paraît que l'autre approche... Mais que craignez-vous, mon cher comte ? C'est sans doute un voyageur... peut-être même du secours qu'on vous envoie.

— Je n'ai pas besoin de secours », grogna l'Allemand.

Il se pencha de nouveau. L'auto n'était plus qu'à deux ou trois cents mètres.

Il dit à ses hommes en leur désignant Lupin :

« Qu'on l'attache ! Et s'il résiste... »

Il tira son revolver.

« Pourquoi résisterais-je, doux Teuton ? » ricana Lupin.

Et il ajouta tandis qu'on lui liait les mains :

« Il est vraiment curieux de voir comme les gens

prennent des précautions quand c'est inutile, et n'en prennent pas quand il le faut. Que diable peut vous faire cette auto ? Des complices à moi ? Quelle idée ! »

Sans répondre, l'Allemand donnait des ordres au mécanicien :

« A droite !... Ralentis... Laisse-les passer... S'ils ralentissent aussi, halte ! »

Mais à son grand étonnement, l'auto semblait au contraire redoubler de vitesse. Comme une trombe elle passa devant la voiture, dans un nuage de poussière.

Debout, à l'arrière de la voiture qui était en partie découverte, on distingua la forme d'un homme vêtu de noir.

Il leva le bras.

Deux coups de feu retentirent.

Le comte qui masquait toute la portière gauche s'affaissa dans la voiture.

Avant même de s'occuper de lui, les deux compagnons sautèrent sur Lupin et achevèrent de le ligoter.

« Gourdes ! Butors ! cria Lupin qui tremblait de rage... Lâchez-moi au contraire ! Allons, bon, voilà qu'on arrête ! Mais triples idiots, courez donc dessus... Rattrapez-le !... C'est l'homme noir... l'assassin... Ah ! les imbéciles... »

On le bâillonna. Puis on s'occupa du comte. La blessure ne paraissait pas grave et l'on eut vite fait de la panser. Mais le malade, très surexcité, fut pris d'un accès de fièvre et se mit à délirer.

Il était huit heures du matin. On se trouvait en rase campagne, loin de tout village. Les hommes n'avaient aucune indication sur le but exact du voyage. Où aller ? Qui prévenir ?

On rangea l'auto le long d'un bois et l'on attendit.

Toute la journée s'écoula de la sorte. Ce n'est qu'au soir qu'un peloton de cavalerie arriva, envoyé de Trèves à la recherche de l'automobile.

Deux heures plus tard, Lupin descendait de la limousine, et, toujours escorté de ses deux Allemands, montait, à la lueur d'une lanterne, les marches d'un escalier qui conduisait dans une petite chambre aux fenêtres barrées de fer.

Il y passa la nuit.

Le lendemain matin un officier le mena, à travers une cour encombrée de soldats, jusqu'au centre d'une longue série de bâtiments qui s'arrondissaient au pied d'un monticule où l'on apercevait des ruines monumentales.

On l'introduisit dans une vaste pièce sommairement meublée. Assis devant un bureau, son visiteur de l'avant-veille lisait des journaux et des rapports qu'il biffait à gros traits de crayon rouge.

« Qu'on nous laisse », dit-il à l'officier.

Et s'approchant de Lupin :

« Les papiers. »

Le ton n'était plus le même. C'était maintenant le ton impérieux et sec du maître qui est chez lui, et qui s'adresse à un inférieur — et quel inférieur ! un escroc, un aventurier de la pire espèce, devant lequel il avait été contraint de s'humilier !

« Les papiers », répéta-t-il.

Lupin ne se démonta pas. Il dit calmement :

« Ils sont dans le château de Veldenz.

— Nous sommes dans les communs du château de Veldenz.

— Les papiers sont dans ces ruines.

— Allons-y. Conduisez-moi. »

Lupin ne bougea pas.

« Eh bien ?

— Eh bien, Sire, ce n'est pas aussi simple que vous le croyez. Il faut un certain temps pour mettre en jeu les éléments nécessaires à l'ouverture de cette cachette.

— Combien d'heures vous faut-il ?

Vingt-quatre. »

Un geste de colère, vite réprimé.

« Ah ! il n'avait pas été question de cela entre nous.

— Rien n'a été précisé, Sire... cela pas plus que le petit voyage que Sa Majesté m'a fait faire entre six gardes du corps. Je dois remettre les papiers, voilà tout.

— Et moi je ne dois vous donner la liberté que contre la remise de ces papiers.

— Question de confiance, Sire. Je me serais cru tout aussi engagé à rendre ces papiers si j'avais été libre, au sortir de prison, et Votre Majesté peut être sûre que je ne les aurais pas emportés sous mon bras. L'unique différence, c'est qu'ils seraient déjà en votre possession, Sire. Car nous avons perdu un jour. Et un jour, dans cette affaire... c'est un jour de trop... Seulement, voilà, il fallait avoir confiance. »

L'Empereur regardait avec une certaine stupeur ce déclassé, ce bandit qui semblait vexé qu'on se défiât de sa parole.

Sans répondre, il sonna.

« L'officier de service », ordonna-t-il.

Le comte de Waldemar apparut, très pâle.

« Ah ! c'est toi, Waldemar ? Tu es remis ?

— A vos ordres, Sire.

— Prends cinq hommes avec toi... les mêmes puisque tu es sûr d'eux. Tu ne quitteras pas ce... monsieur jusqu'à demain matin. »

Il regarda sa montre.

« Jusqu'à demain matin, dix heures... Non, je lui donne jusqu'à midi. Tu iras où il lui plaira d'aller, tu feras ce qu'il te dira de faire. Enfin, tu es à sa disposition. A midi, je te rejoindrai. Si, au dernier coup de midi, il ne m'a pas remis le paquet de lettres, tu le remonteras dans ton auto, et, sans perdre une seconde, tu le ramèneras droit à la prison de la Santé.

— S'il cherche à s'évader...

— Arrange-toi. »

Il sortit.

Lupin prit un cigare sur la table et se jeta dans un fauteuil.

« A la bonne heure ! J'aime mieux cette façon d'agir. C'est franc et catégorique. »

Le comte avait fait entrer ses hommes. Il dit à Lupin :

« En marche ! »

Lupin alluma son cigare et ne bougea pas.

« Liez-lui les mains ! » fit le comte.

Et lorsque l'ordre fut exécuté, il répéta :

« Allons… en marche !

— Non.

— Comment, non ?

— Je réfléchis.

— A quoi ?

— A l'endroit où peut se trouver cette cachette. »

Le comte sursauta.

« Comment ! vous ignorez ?

— Parbleu ! ricana Lupin, et c'est ce qu'il y a de plus joli dans l'aventure, je n'ai pas la plus petite idée sur cette fameuse cachette, ni les moyens de la découvrir. Hein, qu'en dites-vous, mon cher Waldemar ? Elle est drôle, celle-là… pas la plus petite idée… »

LES LETTRES DE L'EMPEREUR

I

Les ruines de Veldenz, bien connues de tous ceux qui visitent les bords du Rhin et de la Moselle, comprennent les vestiges de l'ancien château féodal, construit en 1277 par l'archevêque de Fistingen, et, auprès d'un énorme donjon, éventré par les troupes de Turenne, les murs intacts d'un vaste palais de la Renaissance où les grands-ducs de Deux-Ponts habitaient depuis trois siècles.

C'est ce palais qui fut saccagé par les sujets révoltés d'Hermann II. Les fenêtres, vides, ouvrent deux cents trous béants sur les quatre façades. Toutes les boiseries, les tentures, la plupart des meubles furent brûlés. On marche sur les poutres calcinées des parquets, et le ciel apparaît de place en place à travers les plafonds démolis.

Au bout de deux heures, Lupin, suivi de son escorte, avait tout parcouru.

« Je suis très content de vous, mon cher comte. Je ne pense pas avoir jamais rencontré un cicérone aussi documenté et, ce qui est rare, aussi taciturne. Maintenant, si vous le voulez bien, nous allons déjeuner. »

Au fond, Lupin n'en savait pas plus qu'à la première minute, et son embarras ne faisait que croître. Pour sortir de prison et pour frapper l'imagination de son visiteur, il avait bluffé, affectant de tout connaître, et il en était encore à chercher par où il commencerait à chercher.

« Ça va mal, se disait-il parfois, ça va on ne peut plus mal. »

Il n'avait d'ailleurs pas sa lucidité habituelle. Une idée l'obsédait, celle de l'inconnu, de l'assassin, du monstre qu'il savait encore attaché à ses pas.

Comment le mystérieux personnage était-il sur ses traces ? Comment avait-il appris sa sortie de prison et sa course vers le Luxembourg et l'Allemagne ? Etait-ce intuition miraculeuse ? Ou bien le résultat d'informations précises ? Mais alors, à quel prix, par quelles promesses ou par quelles menaces les pouvait-il obtenir ?

Toutes ces questions hantaient l'esprit de Lupin.

Vers quatre heures, cependant, après une nouvelle promenade dans les ruines, au cours de laquelle il avait inutilement examiné les pierres, mesuré l'épaisseur des murailles, scruté la forme et l'apparence des choses, il demanda au comte :

« Il n'est resté aucun serviteur du dernier grand-duc qui ait habité le château ?

— Tous les domestiques de ce temps-là se sont dispersés. Un seul a continué de vivre dans la région.

— Eh bien ?

— Il est mort il y a deux années.

— Sans enfants ?

— Il avait un fils qui se maria et qui fut chassé, ainsi que sa femme, pour conduite scandaleuse. Ils laissèrent le plus jeune de leurs enfants, une petite fille nommée Isilda.

— Où habite-t-elle ?

— Elle habite ici, au bout des communs. Le vieux grand-père servait de guide aux visiteurs, à l'époque où l'on pouvait visiter le château. La petite Isilda, depuis, a toujours vécu dans ces ruines, où on la tolère par pitié : c'est un pauvre être innocent qui parle à peine et qui ne sait ce qu'il dit

— A-t-elle toujours été ainsi ?

— Il paraît que non. C'est vers l'âge de dix ans que sa raison s'en est allée peu à peu.

— A la suite d'un chagrin, d'une peur ?

— Non, sans motif, m'a-t-on dit. Le père était alcoolique, et la mère s'est tuée dans un accès de folie. »,

Lupin réfléchit et conclut :

« Je voudrais la voir. »

Le comte eut un sourire assez étrange.

« Vous pouvez la voir, certainement. »

Elle se trouvait justement dans une des pièces qu'on lui avait abandonnées.

Lupin fut surpris de trouver une mignonne créature, trop mince, trop pâle, mais presque jolie avec ses cheveux blonds et sa figure délicate. Ses yeux, d'un vert d'eau, avaient l'expression vague, rêveuse, des yeux d'aveugle.

Il lui posa quelques interrogations auxquelles Isilda ne répondit pas, et d'autres auxquelles elle répondit par des phrases incohérentes, comme si elle ne comprenait ni le sens des paroles qu'on lui adressait, ni celui des paroles qu'elle prononçait.

Il insista, lui prenant la main avec beaucoup de douceur et la questionnant, d'une voix affectueuse, sur l'époque où elle avait encore sa raison, sur son grand-père, sur les souvenirs que pouvait évoquer en elle sa vie d'enfant, en liberté parmi les ruines majestueuses du château.

Elle se taisait, les yeux fixes, impassible, émue peut-être, mais sans que son émotion pût éveiller son intelligence endormie.

Lupin demanda un crayon et du papier. Avec le crayon il inscrivit sur la feuille blanche « 813 ».

Le comte sourit encore.

« Ah ! çà, qu'est-ce qui vous fait rire ? s'écria Lupin, agacé.

— Rien... rien... ça m'intéresse... ça m'intéresse beaucoup... »

La jeune fille regarda la feuille qu'on tendait devant elle, et tourna la tête d'un air distrait.

« Ça ne prend pas », fit le comte narquois.

Lupin écrivit les lettres « *Apoon* ».

Même inattention chez Isilda.

Il ne renonça pas à l'épreuve, et il traça à diverses

reprises les mêmes lettres, mais en laissant chaque fois entre elles des intervalles qui variaient. Et chaque fois, il épiait le visage de la jeune fille.

Elle ne bougeait pas, les yeux attachés au papier avec une indifférence que rien ne paraissait troubler.

Mais soudain elle saisit le crayon, arracha la dernière feuille aux mains de Lupin, et, comme si elle était sous le coup d'une inspiration subite, elle inscrivit deux L au milieu de l'intervalle laissé par Lupin.

Celui-ci tressaillit.

Un mot se trouvait formé : *Apollon.*

Cependant elle n'avait point lâché le crayon ni la feuille, et, les doigts crispés, les traits tendus, elle s'efforçait de soumettre sa main à l'ordre hésitant de son pauvre cerveau.

Lupin attendait tout fiévreux.

Elle marqua rapidement, comme hallucinée, un mot, le mot : « *Diane* ».

« Un autre mot !... un autre mot ! » s'écria-t-il avec violence.

Elle tordit ses doigts autour du crayon, cassa la mine, dessina de la pointe un grand J, et lâcha le crayon, à bout de forces.

« Un autre mot ! je le veux ! » ordonna Lupin, en lui saisissant le bras.

Mais il vit à ses yeux, de nouveau indifférents, que ce fugitif éclair de sensibilité ne pouvait plus luire.

« Allons-nous-en », dit-il.

Déjà il s'éloignait, quand elle se mit à courir et lui barra la route. Il s'arrêta.

« Que veux-tu ? »

Elle tendit sa main ouverte.

« Quoi ! de l'argent ? Est-ce donc son habitude de mendier ? dit-il en s'adressant au comte.

— Non, dit celui-ci, et je ne m'explique pas du tout... »

Isilda sortit de sa poche deux pièces d'or qu'elle fit tinter l'une contre l'autre joyeusement.

Lupin les examina.

C'étaient des pièces françaises, toutes neuves, au millésime de l'année.

« Où as-tu pris ça ? s'exclama Lupin, avec agitation... Des pièces françaises ! Qui te les a données ?... Et quand ?... Est-ce aujourd'hui ? Parle !... Réponds ! »

Il haussa les épaules.

« Imbécile que je suis ! Comme si elle pouvait me répondre !... Mon cher comte, veuillez me prêter quarante marks... Merci... Tiens Isilda, c'est pour toi... »

Elle prit les deux pièces, les fit sonner avec les deux autres dans le creux de sa main, puis, tendant le bras, elle montra les ruines du palais Renaissance, d'un geste qui semblait désigner plus spécialement l'aile gauche et le sommet de cette aile.

Etait-ce un mouvement machinal ? ou fallait-il le considérer comme un remerciement pour les deux pièces d'or ?

Il observa le comte. Celui-ci ne cessait de sourire.

« Qu'est-ce qu'il a donc à rigoler, cet animal-là ? se dit Lupin. On croirait qu'il se paie ma tête. »

A tout hasard, il se dirigea vers le palais, suivi de son escorte.

Le rez-de-chaussée se composait d'immenses salles de réception, qui se commandaient les unes les autres, et où l'on avait réuni les quelques meubles échappés à l'incendie.

Au premier étage, c'était, du côté nord, une longue galerie sur laquelle s'ouvraient douze belles salles exactement pareilles.

La même galerie se répétait au second étage, mais avec vingt-quatre chambres, également semblables les unes aux autres. Tout cela vide, délabré, lamentable.

En haut, rien. Les mansardes avaient été brûlées.

Durant une heure, Lupin marcha, trotta, galopa, infatigable, l'œil aux aguets.

Au soir tombant, il courut vers l'une des douze salles du premier étage, comme s'il la choisissait pour des raisons particulières connues de lui seul.

Il fut assez surpris d'y trouver l'Empereur qui fumait, assis dans un fauteuil qu'il s'était fait apporter.

Sans se soucier de sa présence, Lupin commença l'inspection de la salle, selon les procédés qu'il avait coutume d'employer en pareil cas, divisant la pièce en secteurs qu'il examinait tour à tour.

Au bout de vingt minutes, il dit :

« Je vous demanderai, Sire, de bien vouloir vous déranger. Il y a là une cheminée... »

L'Empereur hocha la tête.

« Est-il bien nécessaire que je me dérange ?

— Oui, Sire, cette cheminée...

— Cette cheminée est comme toutes les autres, et cette salle ne diffère pas de ses voisines. »

Lupin regarda l'Empereur sans comprendre. Celui-ci se leva et dit en riant :

« Je crois, monsieur Lupin, que vous vous êtes quelque peu moqué de moi.

— En quoi donc, Sire ?

— Oh ! mon Dieu, ce n'est pas grand-chose ! Vous avez obtenu la liberté sous condition de me remettre des papiers qui m'intéressent, et vous n'avez pas la moindre notion de l'endroit où ils se trouvent. Je suis bel et bien... comment dites-vous en français ?... roulé ?

— Vous croyez, Sire ?

— Dame ! ce que l'on connaît, on ne le cherche pas et voilà dix bonnes heures que vous cherchez. N'êtes-vous pas d'avis qu'un retour immédiat vers la prison s'impose ? »

Lupin parut stupéfait :

« Sa Majesté n'a-t-elle pas fixé demain midi, comme limite suprême ?

— Pourquoi attendre ?

— Pourquoi ? Mais pour me permettre d'achever mon œuvre.

— Votre œuvre ? Mais elle n'est même pas commencée, monsieur Lupin.

— En cela, Votre Majesté se trompe.

— Prouvez-le... et j'attendrai demain midi. »

Lupin réfléchit et prononça gravement :

« Puisque Sa Majesté a besoin de preuves pour avoir confiance en moi, voici. Les douze salles qui donnent sur cette galerie portent chacune un nom différent, dont l'initiale est marquée à la porte de chacune. L'une de ces inscriptions, moins effacée que les autres par les flammes, m'a frappé lorsque je traversai la galerie. J'examinai les autres portes : je découvris, à peine distinctes, autant d'initiales, toutes gravées dans la galerie au-dessus des frontons.

« Or, une de ces initiales était un D, première lettre de Diane. Une autre était un A, première lettre d'Apollon. Et ces deux noms sont des noms de divinités mythologiques. Les autres initiales offriraient-elles le même caractère ? Je découvris un J, initiale de Jupiter ; un V, initiale de Vénus ; un M, initiale de Mercure ; un S, initiale de Saturne, etc. Cette partie du problème était résolue : chacune des douze salles porte le nom d'une divinité de l'Olympe, et la combinaison Apoon, complétée par Isilda, désigne la salle d'Apollon.

« C'est donc ici, dans la salle où nous sommes, que sont cachées les lettres. Il suffit peut-être de quelques minutes maintenant pour les découvrir.

— De quelques minutes ou de quelques années... et encore ! » dit l'Empereur en riant.

Il semblait s'amuser beaucoup, et le comte aussi affectait une grosse gaieté.

Lupin demanda :

« Sa Majesté veut-elle m'expliquer ?

— Monsieur Lupin, la passionnante enquête que vous avez menée aujourd'hui et dont vous nous donnez les brillants résultats, je l'ai déjà faite. Oui, il y a deux semaines, en compagnie de votre ami Herlock Sholmès. Ensemble nous avons interrogé la petite Isilda ; ensemble nous avons employé à son égard la même méthode que vous, et c'est ensemble que nous avons relevé les initiales de la galerie et que nous sommes venus ici, dans la salle d'Apollon. »

Lupin était livide. Il balbutia :

« Ah ! Sholmès... est parvenu... jusqu'ici ?...

— Oui, après quatre jours de recherches. Il est vrai que cela ne nous a guère avancés, puisque nous n'avons rien découvert. Mais tout de même, je sais que les lettres n'y sont pas. »

Tremblant de rage, atteint au plus profond de son orgueil, Lupin se cabrait sous l'ironie, comme s'il avait reçu des coups de cravache. Jamais il ne s'était senti humilié à ce point. Dans sa fureur il aurait étranglé le gros Waldemar dont le rire l'exaspérait.

Se contenant, il dit :

« Il a fallu quatre jours à Sholmès, Sire. A moi, il m'a fallu quelques heures. Et j'aurais mis encore moins, si je n'avais été contrarié dans mes recherches.

— Et par qui, mon Dieu ? Par mon fidèle comte ? J'espère bien qu'il n'aura pas osé...

— Non, Sire, mais par le plus terrible et le plus puissant de mes ennemis, par cet être infernal qui a tué son complice Altenheim.

— Il est là ? Vous croyez ? s'écria l'Empereur avec une agitation qui montrait qu'aucun détail de cette dramatique histoire ne lui était étranger.

— Il est partout où je suis. Il me menace de sa haine constante. C'est lui qui m'a deviné sous M. Lenormand, chef de la Sûreté, c'est lui qui m'a fait jeter en prison, c'est encore lui qui me poursuit, le jour où j'en sors. Hier, pensant m'atteindre dans l'automobile, il blessait le comte de Waldemar.

— Mais qui vous assure, qui vous dit qu'il soit à Veldenz ?

— Isilda a reçu deux pièces d'or, deux pièces françaises !

— Et que viendrait-il faire ? Dans quel but ?

— Je ne sais pas, Sire, mais c'est l'esprit même du mal. Que Votre Majesté se méfie ! Il est capable de tout.

— Impossible ! J'ai deux cents hommes dans ces ruines. Il n'a pu entrer. On l'aurait vu.

— Quelqu'un l'a vu fatalement.

— Qui ?

— Isilda.

— Qu'on l'interroge ! Waldemar, conduis ton prisonnier chez cette jeune fille. »

Lupin montra ses mains liées.

« La bataille sera rude. Puis-je me battre ainsi ? »

L'Empereur dit au comte :

« Détache-le... Et tiens-moi au courant... »

Ainsi donc, par un brusque effort, en mêlant au débat, hardiment, sans aucune preuve, la vision abhorrée de l'assassin, Arsène gagnait du temps et reprenait la direction des recherches.

« Encore seize heures, se disait-il. C'est plus qu'il ne m'en faut. »

Il arriva au local occupé par Isilda, à l'extrémité des anciens communs, bâtiments qui servaient de caserne aux deux cents gardiens des ruines, et dont toute l'aile gauche, celle-ci précisément, était réservée aux officiers.

Isilda n'était pas là.

Le comte envoya deux de ses hommes. Ils revinrent. Personne n'avait vu la jeune fille.

Pourtant, elle n'avait pu sortir de l'enceinte des ruines. Quant au palais de la Renaissance, il était, pour ainsi dire, investi par la moitié des troupes, et nul n'y pouvait entrer.

Enfin, la femme d'un lieutenant qui habitait le logis voisin, déclara qu'elle n'avait pas quitté sa fenêtre et que la jeune fille n'était pas sortie.

« Si elle n'était pas sortie, s'écria Waldemar, elle serait là, et elle n'est pas là. »

Lupin observa :

« Il y a un étage au-dessus ?

— Oui, mais de cette chambre à l'étage, il n'y a pas d'escalier.

— Si, il y a un escalier. »

Il désigna une petite porte ouverte sur un réduit obscur. Dans l'ombre on apercevait les premières marches d'un escalier, abrupt comme une échelle.

« Je vous en prie, mon cher comte, dit-il à Waldemar qui voulait monter, laissez-moi cet honneur.

— Pourquoi ?

— Il y a du danger. »

Il s'élança, et, tout de suite, sauta dans une soupente étroite et basse.

Un cri lui échappa :

« Oh !

— Qu'y a-t-il ? fit le comte débouchant à son tour.

— Ici... sur le plancher... Isilda... »

Il s'agenouilla, mais aussitôt, au premier examen, il reconnut que la jeune fille était tout simplement étourdie, et qu'elle ne portait aucune trace de blessure, sauf quelques égratignures aux poignets et aux mains.

Dans sa bouche, formant bâillon, il y avait un mouchoir.

« C'est bien cela, dit-il. L'assassin était ici, avec elle. Quand nous sommes arrivés, il l'a frappée d'un coup de poing, et il l'a bâillonnée pour que nous ne puissions entendre les gémissements.

— Mais par où s'est-il enfui ?

— Par là... tenez... Il y a un couloir qui fait communiquer toutes les mansardes du premier étage.

— Et de là ?

— De là, il est descendu par l'escalier d'un des logements.

— Mais on l'aurait vu ?

— Bah ! est-ce qu'on sait ? cet être-là est invisible. N'importe ! Envoyez vos hommes aux renseignements. Qu'on fouille toutes les mansardes et tous les logements du rez-de-chaussée ! »

Il hésita. Irait-il, lui aussi, à la poursuite de l'assassin ?

Mais un bruit le ramena vers la jeune fille. Elle s'était relevée et une douzaine de pièces d'or roulaient de ses mains. Il les examina. Toutes étaient françaises.

« Allons, dit-il, je ne m'étais pas trompé. Seulement, pourquoi tant d'or ? en récompense de quoi ? »

Soudain, il aperçut un livre à terre et se baissa pour le ramasser. Mais d'un mouvement plus rapide, la jeune fille se précipita, saisit le livre, et le serra contre elle avec une énergie sauvage, comme si elle était prête à le défendre contre toute entreprise.

« C'est cela, dit-il, des pièces d'or ont été offertes contre le volume, mais elle refuse de s'en défaire. D'où les égratignures aux mains. L'intéressant serait de savoir pourquoi l'assassin voulait posséder ce livre. Avait-il pu, auparavant, le parcourir ? »

Il dit à Waldemar :

« Mon cher comte, donnez l'ordre, s'il vous plaît... »

Waldemar fit un signe. Trois de ses hommes se jetèrent sur la jeune fille, et, après une lutte acharnée où la malheureuse trépigna de colère et se tordit sur elle-même en poussant des cris, on lui arracha lc volumc.

« Tout doux, l'enfant, disait Lupin, du calme... C'est pour la bonne cause, tout cela... Qu'on la surveille ! Pendant ce temps, je vais examiner l'objet du litige. »

C'était, dans une vieille reliure qui datait au moins d'un siècle, un tome dépareillé de Montesquieu, qui portait ce titre : *Voyage au Temple de Gnide*. Mais à peine l'eut-il ouvert qu'il s'exclama :

« Tiens, tiens, c'est bizarre. Sur le recto de chacune des pages, une feuille de parchemin a été collée, et sur cette feuille, sur ces feuilles, il y a des lignes d'écriture, très serrées et très fines. »

Il lut, tout au début :

« Journal du chevalier Gilles de Malrèche, domestique français de Son Altesse Royale le prince de Deux-Ponts-Veldenz, commencé en l'an de grâce 1794. »

— Comment, il y a cela ? dit le comte...

— Qu'est-ce qui vous étonne ?

— Le grand-père d'Isilda, le vieux qui est mort il y a deux ans, s'appelait Malreich, c'est-à-dire le même nom germanisé.

— A merveille ! Le grand-père d'Isilda devait être le fils ou le petit-fils du domestique français qui écrivait son journal sur un tome dépareillé de Montesquieu. Et c'est ainsi que ce journal est passé aux mains d'Isilda. »

Il feuilleta au hasard :

« 15 septembre 1796. — Son Altesse a chassé.

« 20 septembre 1796. —. Son Altesse est sortie à cheval. Elle montait Cupidon. »

« Bigre, murmura Lupin, jusqu'ici, ce n'est pas palpitant. »

Il alla plus avant :

« 12 mars 1803. — J'ai fait passer dix écus à Hermann.

Il est cuisinier à Londres. »

Lupin se mit à rire.

« Oh ! oh ! Hermann est détrôné. Le respect dégringole.

— Le grand-duc régnant, observa Waldemar, fut en effet chassé de ses Etats par les troupes françaises. »

Lupin continua :

« 1809. — Aujourd'hui, mardi, Napoléon a couché à Veldenz. C'est moi qui ai fait le lit de Sa Majesté, et qui, le lendemain, ai vidé ses eaux de "toilette". »

« Ah ! dit Lupin, Napoléon s'est arrêté à Veldenz ?

— Oui, oui, en rejoignant son armée, lors de la campagne d'Autriche, qui devait aboutir à Wagram. C'est un honneur dont la famille ducale, par la suite, était très fière. »

Lupin reprit :

« 28 octobre 1814. — Son Altesse Royale est revenue dans ses Etats.

« 29 octobre. — Cette nuit, j'ai conduit Son Altesse jusqu'à la cachette, et j'ai été heureux de lui montrer que personne n'en avait deviné l'existence. D'ailleurs, comment se douter qu'une cachette pouvait être pratiquée dans... »

Un arrêt brusque... Un cri de Lupin... Isilda avait subitement échappé aux hommes qui la gardaient, s'était jetée sur lui, et avait pris la fuite, emportant le livre.

« Ah ! la coquine ! Courez donc... Faites le tour par en bas. Moi, je la chasse par le couloir. »

Mais elle avait clos la porte sur elle et poussé un verrou. Il dut descendre et longer les communs, ainsi que les autres, en quête d'un escalier qui le ramenât au premier étage.

Seul, le quatrième logement étant ouvert, il put monter. Mais le couloir était vide, et il lui fallut frapper à des portes, forcer des serrures, et s'introduire dans des chambres inoccupées, tandis que Waldemar, aussi ardent que lui à la poursuite, piquait les rideaux et les tentures avec la pointe de son sabre.

Des appels retentirent, qui venaient du rez-de-chaussée, vers l'aile droite. Ils s'élancèrent. C'était une des femmes d'officiers qui leur faisait signe, au bout du couloir, et qui raconta que la jeune fille était chez elle.

« Comment le savez-vous ? demanda Lupin.

— J'ai voulu entrer dans ma chambre. La porte était fermée, et j'ai entendu du bruit. »

Lupin, en effet, ne put ouvrir.

« La fenêtre, s'écria-t-il, il doit y avoir une fenêtre. »

On le conduisit dehors, et tout de suite, prenant le sabre du comte, d'un coup, il cassa les vitres.

Puis, soutenu par deux hommes, il s'accrocha au mur, passa le bras, tourna l'espagnolette et tomba dans la chambre.

Accroupie devant la cheminée, Isilda lui apparut au milieu des flammes.

« Oh ! la misérable ! proféra Lupin, elle l'a jeté au feu ! »

Il la repoussa brutalement, voulut prendre le livre et se brûla les mains. Alors, à l'aide des pincettes, il l'attira hors du foyer et le recouvrit avec le tapis de la table pour étouffer les flammes.

Mais il était trop tard. Les pages du vieux manuscrit, toutes consumées, tombèrent en cendres.

II

Lupin la regarda longuement. Le comte dit :

« On croirait qu'elle sait ce qu'elle fait.

— Non, non, elle ne le sait pas. Seulement son grand-père a dû lui confier ce livre comme un trésor, un trésor que personne ne devait contempler, et, dans son instinct stupide, elle a mieux aimé le jeter aux flammes que de s'en dessaisir.

— Et alors ?

— Alors, quoi ?

— Vous n'arriverez pas à la cachette ?

— Ah ! ah ! mon cher comte, vous avez donc un instant envisagé mon succès comme possible ? Et Lupin ne vous paraît plus tout à fait un charlatan ? Soyez tranquille, Waldemar, Lupin a plusieurs cordes à son arc. J'arriverai.

— Avant la douzième heure, demain ?

— Avant la douzième heure, ce soir. Mais, je meurs d'inanition. Et si c'était un effet de votre bonté... »

On le conduisit dans une salle des communs, affectée au mess des sous-officiers, et un repas substantiel lui fut servi, tandis que le comte allait faire son rapport à l'Empereur.

Vingt minutes après, Waldemar revenait. Et ils s'installèrent l'un en face de l'autre, silencieux et pensifs.

« Waldemar, un bon cigare serait le bienvenu... Je vous remercie. Celui-là craque comme il sied aux havanes qui se respectent. »

Il alluma son cigare, et, au bout d'une ou deux minutes :

« Vous pouvez fumer, comte, cela ne me dérange pas. »

Une heure se passa ; Waldemar somnolait, et de temps à autre, pour se réveiller, avalait un verre de fine champagne.

Des soldats allaient et venaient, faisant le service.

« Du café », demanda Lupin.

On lui apporta du café.

« Ce qu'il est mauvais, grogna-t-il... Si c'est celui-là que boit César !... Encore une tasse, tout de même, Waldemar. La nuit sera peut-être longue. Oh ! quel sale café ! »

Il alluma un autre cigare et ne dit plus un mot.

Les minutes s'écoulèrent. Il ne bougeait toujours pas et ne parlait point.

Soudain, Waldemar se dressa sur ses jambes et dit à Lupin d'un air indigné :

« Eh ! là, debout ! »

A ce moment, Lupin sifflotait. Il continua paisiblement à siffloter.

« Debout, vous dit-on. »

Lupin se retourna. Sa Majesté venait d'entrer.

Il se leva.

« Où en sommes-nous ? dit l'Empereur.

— Je crois, Sire, qu'il me sera possible avant peu de donner satisfaction à Votre Majesté.

— Quoi ? Vous connaissez...

— La cachette ? A peu près, Sire... Quelques détails encore qui m'échappent... mais sur place, tout s'éclaircira, je n'en doute pas.

— Nous devons rester ici ?

— Non, Sire, je vous demanderai de m'accompagner jusqu'au palais Renaissance. Mais nous avons le temps, et, si Sa Majesté m'y autorise, je voudrais, dès maintenant, réfléchir à deux ou trois points. »

Sans attendre la réponse, il s'assit, à la grande indignation de Waldemar.

Un moment après, l'Empereur, qui s'était éloigné et conférait avec le comte, se rapprocha.

« M. Lupin est-il prêt, cette fois ? »

Lupin garda le silence. Une nouvelle interrogation... il baissa la tête.

« Mais il dort, en vérité, on croirait qu'il dort. »

Furieux, Waldemar le secoua vivement par l'épaule. Lupin tomba de sa chaise, s'écroula sur le parquet, eut deux ou trois convulsions, et ne remua plus.

« Qu'est-ce qu'il a donc ? s'écria l'Empereur... Il n'est pas mort, j'espère ! »

Il prit une lampe et se pencha.

« Ce qu'il est pâle ! une figure de cire !... Regarde donc, Waldemar... Tâte le cœur... Il vit, n'est-ce pas ?

— Oui, Sire, dit le comte après un instant, le cœur bat très régulièrement.

— Alors, quoi ? je ne comprends plus... Que s'est-il produit ?

— Si j'allais chercher le médecin ?

— Va, cours... »

Le docteur trouva Lupin dans le même état, inerte et paisible. Il le fit étendre sur un lit, l'examina longtemps et s'informa de ce que le malade avait mangé.

« Vous craignez donc un empoisonnement, docteur ?

— Non, Sire, il n'y a pas de traces d'empoisonnement. Mais je suppose... Qu'est-ce que c'est que ce plateau et cette tasse ?

— Du café, dit le comte.

— Pour vous ?

— Non, pour lui. Moi, je n'en ai pas bu. »

Le docteur se versa du café, le goûta et conclut :

« Je ne me trompais pas : le malade a été endormi à l'aide d'un narcotique.

— Mais par qui ? s'écria l'Empereur avec irritation... Voyons, Waldemar, c'est exaspérant tout ce qui se passe ici !

— Sire...

— Eh ! oui, j'en ai assez !... Je commence à croire vraiment que cet homme a raison, et qu'il y a quelqu'un dans le château... Ces pièces d'or, ce narcotique...

— Si quelqu'un avait pénétré dans cette enceinte,

on le saurait, Sire... Voilà trois heures que l'on fouille de tous côtés.

— Cependant, ce n'est pas moi qui ai préparé le café, je te l'assure... Et à moins que ce ne soit toi...

— Oh ! Sire !

— Eh bien, cherche... perquisitionne... Tu as deux cents hommes à ta disposition, et les communs ne sont pas si grands ! Car enfin, le bandit rôde par là, autour de ces bâtiments... du côté de la cuisine... que sais-je ? Va ! Remue-toi ! »

Toute la nuit, le gros Waldemar se remua consciencieusement, puisque c'était l'ordre du maître, mais sans conviction, puisqu'il était impossible qu'un étranger se dissimulât parmi des ruines aussi bien surveillées. Et de fait, l'événement lui donna raison : les investigations furent inutiles, et l'on ne put découvrir la main mystérieuse qui avait préparé le breuvage soporifique.

Cette nuit, Lupin la passa sur son lit, inanimé. Au matin le docteur, qui ne l'avait pas quitté, répondit à un envoyé de l'Empereur que le malade dormait toujours.

A neuf heures, cependant, il fit un premier geste, une sorte d'effort pour se réveiller.

Un peu plus tard il balbutia :

« Quelle heure est-il ?

— Neuf heures trente-cinq. »

Il fit un nouvel effort, et l'on sentait que, dans son engourdissement, tout son être se tendait pour revenir à la vie.

Une pendule sonna dix coups.

Il tressaillit et prononça :

« Qu'on me porte... qu'on me porte au palais. »

Avec l'approbation du médecin, Waldemar appela ses hommes et fit prévenir l'Empereur.

On déposa Lupin sur un brancard et l'on se mit en marche vers le palais.

« Au premier étage », murmura-t-il.

On le monta.

« Au bout du couloir, dit-il, la dernière chambre à gauche. »

On le porta dans la dernière chambre, qui était la douzième, et on lui donna une chaise sur laquelle il s'assit, épuisé.

L'Empereur arriva : Lupin ne bougea pas, l'air inconscient, le regard sans expression.

Puis, après quelques minutes, il sembla s'éveiller, regarda autour de lui les murs, le plafond, les gens, et dit :

« Un narcotique, n'est-ce pas ?

— Oui, déclara le docteur.

— On a trouvé... l'homme ?

— Non. »

Il parut méditer, et, plusieurs fois, il hocha la tête d'un air pensif, mais on s'aperçut bientôt qu'il dormait.

L'Empereur s'approcha de Waldemar.

« Donne les ordres pour qu'on fasse avancer ton auto.

— Ah ? mais alors, Sire ?...

— Eh quoi ! je commence à croire qu'il se moque de nous, et que tout cela n'est qu'une comédie pour gagner du temps.

— Peut-être... en effet... approuva Waldemar.

— Evidemment ! Il exploite certaines coïncidences curieuses, mais il ne sait rien, et son histoire de pièces d'or, son narcotique, autant d'inventions ! Si nous nous prêtons davantage à ce petit jeu, il va nous filer entre les mains. Ton auto, Waldemar. »

Le comte donna les ordres et revint. Lupin ne s'était pas réveillé. L'Empereur, qui inspectait la salle, dit à Waldemar :

« C'est la salle de Minerve, ici, n'est-ce pas ?

— Oui, Sire.

— Mais alors, pourquoi cet N, à deux endroits ? »

Il y avait en effet, deux N, l'un au-dessus de la cheminée, l'autre au-dessus d'une vieille horloge encastrée dans le mur, toute démolie, et dont on voyait le mécanisme compliqué, les poids inertes au bout de leurs cordes.

« Ces deux N », dit Waldemar...

L'Empereur n'écouta pas la réponse. Lupin s'était encore agité, ouvrant les yeux et articulant des syllabes indistinctes. Il se leva, marcha à travers la salle, et retomba exténué.

Ce fut alors la lutte, la lutte acharnée de son cerveau, de ses nerfs, de sa volonté, contre cette torpeur affreuse qui le paralysait, lutte de moribond contre la mort, lutte de la vie contre le néant.

Et c'était un spectacle infiniment douloureux.

« Il souffre, murmura Waldemar.

— Ou du moins il joue la souffrance, déclara l'Empereur, et il la joue à merveille. Quel comédien ! »

Lupin balbutia :

« Une piqûre, docteur, une piqûre de caféine... tout de suite...

— Vous permettez, Sire ? demanda le docteur.

— Certes... Jusqu'à midi, tout ce qu'il veut, on doit le faire. Il a ma promesse.

— Combien de minutes... jusqu'à midi ? reprit Lupin.

— Quarante, lui dit-on.

— Quarante ?... J'arriverai... Il est certain que j'arriverai... Il le faut... »

Il empoigna sa tête à deux mains

« Ah ! si j'avais mon cerveau, le vrai, mon bon cerveau qui pense ! ce serait l'affaire d'une seconde ! Il n'y a plus qu'un point de ténèbres... Mais je ne peux pas... ma pensée me fuit... je ne peux pas la saisir... c'est atroce... »

Ses épaules sursautaient. Pleurait-il ?

On l'entendit qui répétait :

« 813... 813... »

Et, plus bas :

« 813... un 8... un 1... un 3... oui, évidemment... mais pourquoi ?... ça ne suffit pas... »

L'Empereur murmura :

« Il m'impressionne. J'ai peine à croire qu'un homme puisse ainsi jouer un rôle... »

La demie... les trois quarts...

Lupin demeurait immobile, les poings plaqués aux tempes.

L'Empereur attendait, les yeux fixés sur un chronomètre que tenait Waldemar.

« Encore dix minutes... encore cinq...

— Waldemar, l'auto est là ? Tes hommes sont prêts ?

— Oui, Sire.

— Ton chronomètre est à sonnerie ?

— Oui, Sire.

— Au dernier coup de midi alors...

— Pourtant...

— Au dernier coup de midi, Waldemar. »

Vraiment la scène avait quelque chose de tragique, cette sorte de grandeur et de solennité que prennent les heures à l'approche d'un miracle possible. Il semble que c'est la voix même du destin qui va s'exprimer.

L'Empereur ne cachait pas son angoisse. Cet aventurier bizarre qui s'appelait Arsène Lupin, et dont il connaissait la vie prodigieuse, cet homme le troublait... et, quoique résolu à en finir avec toute cette histoire équivoque, il ne pouvait s'empêcher d'attendre... et d'espérer.

Encore deux minutes... encore une minute. Puis ce fut par secondes que l'on compta.

Lupin paraissait endormi.

« Allons, prépare-toi, dit l'Empereur au comte.

Celui-ci s'avança vers Lupin et lui mit la main sur l'épaule.

La sonnerie argentine du chronomètre vibra... une, deux, trois, quatre, cinq...

« Waldemar, tire les poids de la vieille horloge. »

Un moment de stupeur. C'était Lupin qui avait parlé, très calme.

Waldemar haussa les épaules, indigné du tutoiement.

« Obéis, Waldemar, dit l'Empereur.

— Mais oui, obéis, mon cher comte, insista Lupin qui retrouvait son ironie, c'est dans tes cordes, et tu n'as qu'à tirer sur celles de l'horloge... alternativement... une, deux... A merveille... Voilà comment ça se remontait dans l'ancien temps. »

De fait le balancier fut mis en train, et l'on en perçut le tic-tac régulier.

« Les aiguilles, maintenant, dit Lupin. Mets-les un peu avant midi... Ne bouge plus... laisse-moi faire... »

Il se leva et s'avança vers le cadran, à un pas de distance tout au plus, les yeux fixes, tout son être attentif.

Les douze coups retentirent, douze coups lourds, profonds.

Un long silence. Rien ne se produisit. Pourtant l'Empereur attendait, comme s'il était certain que quelque chose allait se produire. Et Waldemar ne bougeait pas, les yeux écarquillés.

Lupin, qui s'était penché sur le cadran, se redressa et murmura :

« C'est parfait... j'y suis... »

Il retourna vers sa chaise et commanda :

« Waldemar, remets les aiguilles à midi moins deux minutes. Ah ! non, mon vieux, pas à rebrousse-poil... dans le sens de la marche... Eh ! oui, ce sera un peu long... mais que veux-tu ? »

Toutes les heures et toutes les demies sonnèrent jusqu'à la demie de onze heures.

« Ecoute, Waldemar », dit Lupin...

Et il parlait, gravement, sans moquerie, comme ému lui-même et anxieux.

« Ecoute, Waldemar, tu vois sur le cadran une petite pointe arrondie qui marque la première heure ? Cette pointe branle, n'est-ce pas ? Pose dessus l'index de la main gauche et appuie : Bien. Fais de même avec ton pouce sur la pointe qui marque la troisième heure. Bien... Avec ta main droite enfonce la pointe de la huitième heure. Bien. Je te remercie. Va t'asseoir, mon cher. »

Un instant, puis la grande aiguille se déplaça,

effleura la douzième pointe... Et midi sonna de nouveau.

Lupin se taisait, très pâle. Dans le silence, chacun des douze coups retentit.

Au douzième coup, il y eut un bruit de déclenchement. L'horloge s'arrêta net. Le balancier s'immobilisa.

Et soudain le motif de bronze qui dominait le cadran et qui figurait une tête de bélier, s'abattit, découvrant une sorte de petite niche taillée en pleine pierre.

Dans cette niche, il y avait une cassette d'argent, ornée de ciselures.

« Ah ! fit l'Empereur... vous aviez raison.

— Vous en doutiez, Sire ? » dit Lupin.

Il prit la cassette et la lui présenta.

« Que Sa Majesté veuille bien ouvrir elle-même. Les lettres qu'elle m'a donné mission de chercher sont là. »

L'Empereur souleva le couvercle, et parut très étonné...

La cassette était vide.

III

La cassette était vide !

Ce fut un coup de théâtre, énorme, imprévu. Après le succès des calculs effectués par Lupin, après la découverte si ingénieuse du secret de l'horloge, l'Empereur, pour qui la réussite finale ne faisait plus de doute, semblait confondu.

En face de lui, Lupin, blême, les mâchoires contractées, l'œil injecté de sang, grinçait de rage et de haine impuissante. Il essuya son front couvert de sueur, puis saisit vivement la cassette, la retourna, l'examina, comme s'il espérait trouver un double fond. Enfin, pour plus de certitude, dans un accès de fureur, il l'écrasa, d'une étreinte irrésistible.

Cela le soulagea. Il respira plus à l'aise.

L'Empereur lui dit :

« Qui a fait cela ?

— Toujours le même, Sire, celui qui poursuit la même route que moi et qui marche vers le même but, l'assassin de M. Kesselbach.

— Quand ?

— Cette nuit. Ah ! Sire, que ne m'avez-vous laissé libre au sortir de prison ! Libre, j'arrivais ici sans perdre une heure. J'arrivais avant lui ! Avant lui je donnais de l'or à Isilda !... Avant lui je lisais le journal de Malreich, le vieux domestique français !

— Vous croyez donc que c'est par les révélations de ce journal ?...

— Eh ! oui, Sire, il a eu le temps de les lire, lui. Et, dans l'ombre, je ne sais où, renseigné sur tous nos gestes, je ne sais par qui ! il m'a fait endormir, afin de se débarrasser de moi, cette nuit.

— Mais le palais était gardé.

— Gardé par vos soldats, Sire. Est-ce que ça compte pour des hommes comme lui ? Je ne doute pas d'ailleurs que Waldemar ait concentré ses recherches sur les communs, dégarnissant ainsi les portes du palais.

— Mais le bruit de l'horloge ? ces douze coups dans la nuit ?

— Un jeu, Sire ! un jeu d'empêcher une horloge de sonner !

— Tout cela me paraît bien invraisemblable.

— Tout cela me paraît rudement clair, à moi, Sire. S'il était possible de fouiller dès maintenant les poches de tous vos hommes, ou de connaître toutes les dépenses qu'ils feront pendant l'année qui va suivre, on en trouverait bien deux ou trois qui sont, à l'heure actuelle, possesseurs de quelques billets de banque, billets de banque français, bien entendu.

— Oh ! protesta Waldemar.

— Mais oui, mon cher comte, c'est une question de prix, et *celui-là* n'y regarde pas. S'il le voulait, je suis sûr que vous-même... »

L'Empereur n'écoutait, pas, absorbé dans ses réflexions. Il se promena de droite et de gauche à travers la chambre, puis fit un signe à l'un des officiers qui se tenaient dans la galerie.

« Mon auto... et qu'on s'apprête... nous partons. »

Il s'arrêta, observa Lupin un instant, et, s'approchant du comte :

« Toi aussi, Waldemar, en route... Droit sur Paris d'une étape... »

Lupin dressa l'oreille. Il entendit Waldemar qui répondait :

« J'aimerais mieux une douzaine de gardes en plus, avec ce diable d'homme !...

— Prends-les. Et fais vite, il faut que tu arrives cette nuit. »

Lupin haussa les épaules et murmura :

« Absurde ! »

L'Empereur se retourna vers lui, et Lupin reprit :

« Eh ! oui, Sire, car Waldemar est incapable de me garder. Mon évasion est certaine, et alors... »

Il frappa du pied violemment.

« Et alors, croyez-vous, Sire, que je vais perdre encore une fois mon temps ? Si vous renoncez à la lutte, je n'y renonce pas, moi. J'ai commencé, je finirai. »

L'Empereur objecta :

« Je ne renonce pas, mais ma police se mettra en campagne. »

Lupin éclata de rire.

« Que Votre Majesté m'excuse ! C'est si drôle ! la police de Sa Majesté ! mais elle vaut ce que valent toutes les polices du monde, c'est-à-dire rien, rien du tout ! Non, Sire, je ne retournerai pas à la Santé. La prison, je m'en moque. Mais j'ai besoin de ma liberté contre cet homme, je la garde. »

L'Empereur s'impatienta.

« Cet homme, vous ne savez même pas qui il est.

— Je le saurai, Sire. Et moi seul peux le savoir. Et il sait, lui, que je suis le seul qui peut le savoir. Je suis son seul ennemi. C'est moi seul qu'il attaque. C'est moi qu'il voulait atteindre, l'autre jour, avec la balle de son revolver. C'est moi qu'il lui suffisait d'endormir, cette nuit, pour être libre d'agir à sa guise. Le duel est entre nous. Le monde n'a rien à y voir. Personne ne peut m'aider, et personne ne peut l'aider. Nous sommes deux, et c'est tout. Jusqu'ici la chance l'a favorisé. Mais en fin de compte, il est inévitable, il est fatal que je l'emporte.

— Pourquoi ?

— Parce que je suis le plus fort.

— S'il vous tue ?

— Il ne me tuera pas. Je lui arracherai ses griffes, je le réduirai à l'impuissance. Et j'aurai les lettres. Il n'est pas de pouvoir humain qui puisse m'empêcher de les reprendre. »

Il parlait avec une conviction violente et un ton de

certitude qui donnait, aux choses qu'il prédisait, l'apparence réelle de choses déjà accomplies.

L'Empereur ne pouvait se défendre de subir un sentiment confus, inexplicable, où il y avait une sorte d'admiration et beaucoup aussi de cette confiance que Lupin exigeait d'une façon si autoritaire. Au fond il n'hésitait que par scrupule d'employer cet homme et d'en faire pour ainsi dire son allié. Et soucieux, ne sachant quel parti prendre, il marchait de la galerie aux fenêtres, sans prononcer une parole.

A la fin il dit :

« Et qui nous assure que les lettres ont été volées cette nuit ?

— Le vol est daté, Sire.

— Qu'est-ce que vous dites ?

— Examinez la partie interne du fronton, qui dissimulait la cachette. La date y est inscrite à la craie blanche : minuit, 24 août.

— En effet... en effet... murmura l'Empereur interdit... Comment n'ai-je pas vu ? »

Et il ajouta, laissant percevoir sa curiosité :

« C'est comme pour ces deux N peints sur la muraille... je ne m'explique pas. C'est ici la salle de Minerve.

— C'est ici la salle où coucha Napoléon, Empereur des Français, déclara Lupin.

— Qu'en savez-vous ?

— Demandez à Waldemar, Sire. Pour moi, quand je parcourus le journal du vieux domestique, ce fut un éclair. Je compris que Sholmès et moi, nous avions fait fausse route. *Apoon*, le mot incomplet que traça le grand-duc Hermann à son lit de mort, n'est pas une contraction du mot *Apollon*, mais du mot *Napoléon*.

— C'est juste... vous avez raison... dit l'Empereur... les mêmes lettres se retrouvent dans les deux mots, et suivant le même ordre. Il est évident que le grand-duc a voulu écrire *Napoléon*. Mais ce chiffre 813 ?...

— Ah ! c'est là le point qui me donna le plus de mal à éclaircir. J'ai toujours eu l'idée qu'il fallait additionner les trois chiffres 8, 1 et 3, et le nombre 12 ainsi obtenu me parut aussitôt s'appliquer à cette salle qui est la douzième de la galerie. Mais cela ne suffisait pas. Il devait y avoir autre chose, autre chose que mon cerveau affaibli ne pouvait parvenir à formuler. La vue de l'horloge, de cette horloge située justement dans la salle Napoléon, me fut une révélation. Le nombre 12 signifiait évidemment la douzième heure. Midi ! minuit ! N'est-ce pas un instant plus solennel et que l'on choisit plus volontiers ? Mais pourquoi ces trois chiffres 8, 1 et 3, plutôt que d'autres qui auraient fourni le même total ?

« C'est alors que je pensai à faire sonner l'horloge une première fois, à titre d'essai. Et c'est en la faisant sonner que je vis que les pointes de la première, de la troisième et de la huitième heure, étaient mobiles. J'obtenais donc trois chiffres, 1, 3 et 8, qui, placés dans un ordre fatidique, donnaient le nombre 813. Waldemar poussa les trois pointes. Le déclenchement se produisit. Votre Majesté connaît le résultat...

« Voilà, Sire, l'explication de ce mot mystérieux, et de ces trois chiffres 813 que le grand-duc écrivit de sa main d'agonisant, et grâce auxquels il avait l'espoir que son fils retrouverait un jour le secret de Veldenz, et deviendrait possesseur des fameuses lettres qu'il y avait cachées. »

L'Empereur avait écouté avec une attention passionnée, de plus en plus surpris par tout ce qu'il observait en cet homme d'ingéniosité, de clairvoyance, de finesse, de volonté intelligente.

« Waldemar ? dit-il.

— Sire ? »

Mais au moment où il allait parler, des exclamations s'élevèrent dans la galerie. Waldemar sortit et rentra.

« C'est la folle, Sire, que l'on veut empêcher de passer.

— Qu'elle vienne, s'écria Lupin vivement, il faut qu'elle vienne, Sire. »

Sur un geste de l'Empereur, Waldemar alla chercher Isilda.

A l'entrée de la jeune fille, ce fut de la stupeur. Sa

figure, si pâle, était couverte de taches noires. Ses traits convulsés marquaient la plus vive souffrance. Elle haletait, les deux mains crispées contre sa poitrine.

« Oh ! fit Lupin avec épouvante.

— Qu'y a-t-il ? demanda l'Empereur.

— Votre médecin, Sire ! qu'on ne perde pas une minute ! »

Et s'avançant :

« Parle, Isilda... Tu as vu quelque chose ? Tu as quelque chose à dire ? »

La jeune fille s'était arrêtée, les yeux moins vagues, comme illuminés par la douleur. Elle articula des sons... aucune parole.

« Ecoute, dit Lupin... réponds oui ou non... un mouvement de tête... Tu l'as vu ? Tu sais où il est ?... Tu sais qui il est ?... Ecoute, si tu ne réponds pas... »

Il réprima un geste de colère. Mais, soudain, se rappelant l'épreuve de la veille, et qu'elle semblait plutôt avoir gardé quelque mémoire visuelle du temps où elle avait toute sa raison, il inscrivit sur le mur blanc un L et un M majuscules.

Elle tendit les bras vers les lettres et hocha la tête comme si elle approuvait.

« Et après ? fit Lupin... Après !... Ecris à ton tour. »

Mais elle poussa un cri affreux et se jeta par terre avec des hurlements.

Puis, tout d'un coup, le silence, l'immobilité. Un soubresaut encore. Et elle ne bougea plus.

« Morte ? dit l'Empereur.

— Empoisonnée, Sire.

— Ah ! la malheureuse... Et par qui ?

— Par *lui*, Sire. Elle le connaissait sans doute. Il aura eu peur de ses révélations. »

Le médecin arrivait. L'Empereur lui montra Isilda. Puis, s'adressant à Waldemar :

« Tous tes hommes en campagne... Qu'on fouille la maison... Un télégramme aux gares de la frontière... »

Il s'approcha de Lupin :

« Combien de temps vous faut-il pour reprendre les lettres ?

— Un mois, Sire...

— Bien, Waldemar vous attendra ici. Il aura mes ordres et pleins pouvoirs pour vous accorder ce que vous désirez.

— Ce que je veux, Sire, c'est la liberté.

— Vous êtes libre... »

Lupin le regarda s'éloigner et dit entre ses dents :

« La liberté, d'abord... Et puis, quand je t'aurai rendu tes lettres, ô Majesté, une petite poignée de mains, parfaitement, une poignée de mains d'Empereur à cambrioleur... pour te prouver que tu as tort de faire le dégoûté avec moi. Car enfin, c'est un peu raide ! Voilà un monsieur pour qui j'abandonne mes appartements de Santé-Palace, à qui je rends service, et qui se permet de petits airs... Si jamais je le repince, ce client-là ! »

LES SEPT BANDITS

I

« Madame peut-elle recevoir ? »

Dolorès Kesselbach prit la carte que lui tendait le domestique et lut : *André Beauny.*

« Non, dit-elle, je ne connais pas.

— Ce monsieur insiste beaucoup, madame. Il dit que madame attend sa visite.

— Ah !... peut-être... en effet... Conduisez-le jusqu'ici. »

Depuis les événements qui avaient bouleversé sa vie et qui l'avaient frappée avec un acharnement implacable, Dolorès, après un séjour à l'hôtel Bristol, venait de s'installer dans une paisible maison de la rue des Vignes, au fond de Passy.

Un joli jardin s'étendait par-derrière, encadré d'autres jardins touffus. Quand des crises plus douloureuses ne la maintenaient pas des jours entiers dans sa chambre, les volets clos, invisible à tous, elle se faisait porter sous les arbres, et restait là, étendue, mélancolique, incapable de réagir contre le mauvais destin.

Le sable de l'allée craqua de nouveau et, accompagné par le domestique, un jeune homme apparut, élégant de tournure, habillé très simplement, à la façon un peu surannée de certains peintres, col rabattu, cravate flottante à pois blancs sur fond bleu marine.

Le domestique s'éloigna.

« André Beauny, n'est-ce pas ? fit Dolorès.

— Oui, madame.

— Je n'ai pas l'honneur...

— Si, madame. Sachant que j'étais un des amis de Mme Ernemont, la grand-mère de Geneviève, vous avez écrit à cette dame, à Garches, que vous désiriez avoir un entretien avec moi. Me voici. »

Dolorès se souleva, très émue.

« Ah ! vous êtes...

— Oui. »

Elle balbutia :

« Vraiment ? C'est vous ? Je ne vous reconnais pas.

— Vous ne reconnaissez pas le prince Paul Sernine ?

— Non... Rien n'est semblable... ni le front, ni les yeux... Et ce n'est pas non plus ainsi...

— Que les journaux ont représenté le détenu de la Santé, dit-il en souriant... Pourtant c'est bien moi. »

Un long silence suivit où ils demeurèrent embarrassés et mal à l'aise.

Enfin il prononça :

« Puis-je savoir la raison ?...

— Geneviève ne vous a pas dit ?...

— Je ne l'ai pas vue... Mais sa grand-mère a cru comprendre que vous aviez besoin de mes services...

— C'est cela... c'est cela...

— Et en quoi ?... je suis si heureux... »

Elle hésita une seconde, puis murmura :

« J'ai peur.

— Peur ! s'écria-t-il.

— Oui, fit-elle à voix basse, j'ai peur, j'ai peur de tout, peur de ce qui est et de ce qui sera demain, après-demain... peur de la vie. J'ai tant souffert... je n'en puis plus. »

Il la regardait avec une grande pitié. Le sentiment confus qui l'avait toujours poussé vers cette femme prenait un caractère plus précis aujourd'hui qu'elle lui demandait protection. C'était un besoin ardent de se dévouer à elle, entièrement, sans espoir de récompense.

Elle poursuivit

« Je suis seule, maintenant, toute seule, avec des

domestiques que j'ai pris au hasard, et j'ai peur... je sens qu'autour de moi on s'agite.

— Mais dans quel but ?

— Je ne sais pas. Mais l'ennemi rôde et se rapproche.

— Vous l'avez vu ? Vous avez remarqué quelque chose ?

— Oui, dans la rue, ces jours-ci, deux hommes ont passé plusieurs fois, et se sont arrêtés devant la maison.

— Leur signalement ?

— Il y en a un que j'ai mieux vu. Il est grand, fort, tout rasé, et habillé d'une petite veste de drap noire, très courte.

— Un garçon de café ?

— Oui, un maître d'hôtel. Je l'ai fait suivre par un de mes domestiques. Il a pris la rue de la Pompe et a pénétré dans une maison de vilaine apparence dont le rez-de-chaussée est occupé par un marchand de vins, la première à gauche sur la rue. Enfin l'autre nuit...

— L'autre nuit ?

— J'ai aperçu, de la fenêtre de ma chambre, une ombre dans le jardin.

— C'est tout ?

— Oui. »

Il réfléchit et lui proposa :

« Permettez-vous que deux de mes hommes couchent en bas, dans une des chambres du rez-de-chaussée ?...

— Deux de vos hommes ?...

— Oh ! ne craignez rien... Ce sont deux braves gens, le père Charolais et son fils... qui n'ont pas l'air du tout de ce qu'ils sont... Avec eux, vous serez tranquille. Quant à moi... »

Il hésita. Il attendait qu'elle le priât de revenir. Comme elle se taisait, il dit :

« Quant à moi, il est préférable que l'on ne me voie pas ici... oui, c'est préférable... pour vous. Mes hommes me tiendront au courant. »

Il eût voulu en dire davantage, et rester, et s'asseoir

auprès d'elle, et la réconforter. Mais il avait l'impression que tout était dit de ce qu'ils avaient à se dire, et qu'un seul mot de plus, prononcé par lui, serait un outrage.

Alors il salua très bas, et se retira.

Il traversa le jardin, marchant vite, avec la hâte de se retrouver dehors et de dominer son émotion. Le domestique l'attendait au seuil du vestibule. Au moment où il franchissait la porte d'entrée, sur la rue, quelqu'un sonnait, une jeune femme...

Il tressaillit :

« Geneviève ! »

Elle fixa sur lui des yeux étonnés, et, tout de suite, bien que déconcertée par l'extrême jeunesse de ce regard, elle le reconnut, et cela lui causa un tel trouble qu'elle vacilla et dut s'appuyer à la porte.

Il avait ôté son chapeau et la contemplait sans oser lui tendre la main. Tendrait-elle la sienne ? Ce n'était plus le prince Sernine... c'était Arsène Lupin. Et elle savait qu'il était Arsène Lupin et qu'il sortait de prison.

Dehors il pleuvait. Elle donna son parapluie au domestique en balbutiant :

« Veuillez l'ouvrir et le mettre de côté... »

Et elle passa tout droit.

« Mon pauvre vieux, se dit Lupin en partant, voilà bien des secousses pour un être nerveux et sensible comme toi. Surveille ton cœur, sinon... Allons, bon, voilà que tes yeux se mouillent ! Mauvais signe, monsieur Lupin, tu vieillis. »

Il frappa sur l'épaule d'un jeune homme qui traversait la chaussée de la Muette et se dirigeait vers la rue des Vignes. Le jeune homme s'arrêta, et après quelques secondes :

« Pardon, monsieur, mais je n'ai pas l'honneur, il me semble...

— Il vous semble mal, mon cher monsieur Leduc. Ou c'est alors que votre mémoire est bien affaiblie. Rappelez-vous Versailles... la petite chambre de l'hôtel des Deux-Empereurs...

— Vous ! »

Le jeune homme avait bondi en arrière, avec épouvante.

« Mon Dieu, oui, moi, le prince Sernine, ou plutôt
Lupin, puisque vous savez mon vrai nom ! Pensiez-
vous donc que Lupin avait trépassé ? Ah ! oui, je comprends, la prison... vous espériez... Enfant, va ! »

Il lui tapota doucement l'épaule.

« Voyons, jeune homme, remettons-nous, nous
avons encore quelques bonnes journées paisibles à
faire des vers. L'heure n'est pas encore venue. Fais des
vers, poète ! »

Il lui étreignit le bras violemment, et lui dit, face à
face :

« Mais l'heure approche, poète. N'oublie pas que tu
m'appartiens, corps et âme. Et prépare-toi à jouer ton
rôle. Il sera rude et magnifique. Et par Dieu, tu me
parais vraiment l'homme de ce rôle ! »

Il éclata de rire, fit une pirouette, et laissa le jeune
Leduc abasourdi.

Il y avait plus loin, au coin de la rue de la Pompe, le
débit de vins dont lui avait parlé Mme Kesselbach. Il
entra et causa longuement avec le patron. Puis il prit
une auto et se fit conduire au Grand-Hôtel, où il habitait sous le nom d'André Beauny.

Les frères Doudeville l'y attendaient.

Bien que blasé sur ces sortes de jouissances. Lupin
n'en goûta pas moins les témoignages d'admiration et
de dévouement dont ses amis l'accablèrent.

« Enfin, patron, expliquez-nous ?... Que s'est-il
passé ? Avec vous, nous sommes habitués aux prodi-
ges... mais, tout de même, il y a des limites... Alors,
vous êtes libre ? Et vous voilà ici, au cœur de Paris, à
peine déguisé.

— Un cigare ? offrit Lupin.

— Merci... non.

— Tu as tort, Doudeville. Ceux-là sont estimables.
Je les tiens d'un fin connaisseur, qui se targue d'être
mon ami.

— Ah ! peut-on savoir ?

— Le Kaiser... Allons, ne faites pas ces têtes d'abrutis, et mettez-moi au courant, je n'ai pas lu de journaux. Mon évasion, quel effet dans le public ?

— Foudroyant, patron !

— La version de la police ?

— Votre fuite aurait eu lieu à Garches, pendant une reconstitution de l'assassinat d'Altenheim. Par malheur, les journalistes ont prouvé que c'était impossible.

— Alors ?

— Alors, c'est l'ahurissement. On cherche, on rit, et l'on s'amuse beaucoup.

— Weber ?

— Weber est fort compromis.

— En dehors de cela, rien de nouveau au service de la Sûreté ? Aucune découverte sur l'assassin ? Pas d'indice qui nous permette d'établir l'identité d'Altenheim ?

— Non.

— C'est un peu raide ! Quand on pense que nous payons des millions par an pour nourrir ces gens-là. Si ça continue, je refuse de payer mes contributions. Prends un siège et une plume. Tu porteras cette lettre ce soir au *Grand Journal*. Il y a longtemps que l'univers n'a plus de mes nouvelles. Il doit haleter d'impatience. Ecris :

« Monsieur le Directeur,

« Je m'excuse auprès du public dont la légitime impatience sera déçue.

« Je me suis évadé de prison, et il m'est impossible de dévoiler comment je me suis évadé. De même, depuis mon évasion, j'ai découvert le fameux secret, et il m'est impossible de dire quel est ce secret et comment je l'ai découvert.

« Tout cela fera, un jour ou l'autre, l'objet d'un récit quelque peu original que publiera, d'après mes notes, mon biographe ordinaire. C'est une page de l'Histoire de France que nos petits-enfants ne liront pas sans intérêt.

« Pour l'instant, j'ai mieux à faire. Révolté de voir en quelles mains sont tombées les fonctions que j'exerçais, las de constater que l'affaire Kesselbach-Altenheim en est toujours au même point, je destitue M. Weber, et je reprends le poste d'honneur que j'occupais, avec tant d'éclat, et à la satisfaction générale, sous le nom de M. Lenormand.

« Arsène LUPIN,

« *Chef de la Sûreté.* »

II

A huit heures du soir, Arsène Lupin et Doudeville faisaient leur entrée chez Caillard, le restaurant à la mode ; Lupin serré dans son frac, mais avec le pantalon un peu trop large de l'artiste et la cravate un peu trop lâche ; Doudeville en redingote, la tenue et l'air grave d'un magistrat.

Ils choisirent la partie du restaurant qui est en renfoncement et que deux colonnes séparent de la grande salle.

Un maître d'hôtel, correct et dédaigneux, attendit les ordres, un carnet à la main. Lupin commanda avec une minutie et une recherche de fin gourmet.

« Certes, dit-il, l'ordinaire de la prison était acceptable, mais tout de même ça fait plaisir, un repas soigné. »

Il mangea de bon appétit et silencieusement, se contentant parfois de prononcer une courte phrase qui indiquait la suite de ses préoccupations.

« Evidemment, ça s'arrangera... mais ce sera dur... Quel adversaire !... Ce qui m'épate, c'est que, après six mois de lutte, je ne sache même pas ce qu'il veut !... Le principal complice est mort, nous touchons au terme de la bataille, et pourtant je ne vois pas plus clair dans son jeu... Que cherche-t-il, le misérable ?... Moi, mon plan est net : mettre la main sur le grand-duché, flanquer sur le trône un grand-duc de ma composition, lui donner Geneviève comme épouse... et régner. Voilà qui est limpide, honnête et loyal. Mais, lui, l'ignoble personnage, cette larve des ténèbres, à quel but veut-il atteindre ? »

Il appela :

« Garçon ! »

Le maître d'hôtel s'approcha.

« Monsieur désire ?

— Les cigares. »

Le maître d'hôtel revint et ouvrit plusieurs boîtes.

« Qu'est-ce que vous me conseillez ? dit Lupin.

— Voici des Upman excellents. »

Lupin offrit un Upman à Doudeville, en prit un pour lui, et le coupa.

Le maître d'hôtel fit flamber une allumette et la présenta.

Vivement Lupin lui saisit le poignet.

« Pas un mot... je te connais... tu t'appelles de ton vrai nom Dominique Lecas... »

L'homme, qui était gros et fort, voulut se dégager. Il étouffa un cri de douleur. Lupin lui avait tordu le poignet.

« Tu t'appelles Dominique... tu habites rue de la Pompe au quatrième étage, où tu t'es retiré avec une petite fortune acquise au service — mais écoute donc, imbécile, ou je te casse les os — acquise au service du baron Altenheim, chez qui tu étais maître d'hôtel. »

L'autre s'immobilisa, le visage blême de peur.

Autour d'eux la petite salle était vide. A côté, dans le restaurant, trois messieurs fumaient, et deux couples devisaient en buvant des liqueurs.

« Tu vois, nous sommes tranquilles... on peut causer.

— Qui êtes-vous ? Qui êtes-vous ?

— Tu ne me remets pas ? Cependant, rappelle-toi ce fameux déjeuner de la villa Dupont... C'est toi-même, vieux larbin, qui m'as offert l'assiette de gâteaux... et quels gâteaux !...

— Le prince... le prince... balbutia l'autre.

— Mais oui, le prince Arsène, le prince Lupin en personne... Ah ! Ah ! tu respires... tu te dis que tu n'as rien à craindre de Lupin, n'est-ce pas ? Erreur, mon vieux, tu as tout à craindre. »

Il tira de sa poche une carte et la lui montra :

« Tiens, regarde, je suis de la police maintenant...
Que veux-tu, c'est toujours comme ça que nous finis-
sons... nous autres, les grands seigneurs du vol, les
empereurs du crime.

— Et alors ? reprit le maître d'hôtel, toujours
inquiet.

— Alors, réponds à ce client qui t'appelle là-bas,
fais ton service et reviens. Surtout, pas de blague,
n'essaie pas de te tirer des pattes. J'ai dix agents
dehors, qui ont l'œil sur toi. File. »

Le maître d'hôtel obéit. Cinq minutes après il était
de retour, et, debout devant la table, le dos tourné au
restaurant, comme s'il discutait avec des clients sur la
qualité de leurs cigares, il disait :

. « Eh bien ? De quoi s'agit-il ? »

Lupin aligna sur la table quelques billets de cent
francs.

« Autant de réponses précises à mes questions,
autant de billets.

— Ça colle.

— Je commence. Combien étiez-vous avec le baron
Altenheim ?

— Sept, sans me compter.

— Pas davantage ?

— Non. Une fois seulement, on a racolé des
ouvriers d'Italie pour faire les souterrains de la villa
des Glycines, à Garches.

— Il y avait deux souterrains ?

— Oui, l'un conduisait au pavillon Hortense,
l'autre s'amorçait sur le premier et s'ouvrait
au-dessous du pavillon de Mme Kesselbach.

— Que voulait-on ?

— Enlever Mme Kesselbach.

— Les deux bonnes, Suzanne et Gertrude, étaient
complices ?

— Oui.

— Où sont-elles ?

— A l'étranger.

— Et tes sept compagnons, ceux de la bande Altenheim ?

— Je les ai quittés. Eux, ils continuent.

— Où puis-je les retrouver ? »

Dominique hésita. Lupin déplia deux billets de mille francs et dit :

« Tes scrupules t'honorent, Dominique. Il ne te reste plus qu'à t'asseoir dessus et à répondre. »

Dominique répondit :

« Vous les retrouverez, 3, route de la Révolte, à Neuilly. L'un d'eux s'appelle le Brocanteur.

— Parfait. Et maintenant, le nom, le vrai nom d'Altenheim ? Tu le connais ?

— Oui. Ribeira.

— Dominique, ça va mal tourner. Ribeira n'était qu'un nom de guerre. Je te demande le vrai nom.

— Parbury.

— Autre nom de guerre. »

Le maître d'hôtel hésitait. Lupin déplia trois billets de cent francs.

« Et puis zut ! s'écria l'homme. Après tout il est mort, n'est-ce pas ? et bien mort.

— Son nom ? dit Lupin.

— Son nom ? Le chevalier de Malreich. »

Lupin sauta sur sa chaise.

« Quoi ? Qu'est-ce que tu as dit ? Le chevalier ?... répète... le chevalier ?

— Raoul de Malreich. »

Un long silence. Lupin, les yeux fixes, pensait à la folle de Veldenz, morte empoisonnée. Isilda portait ce même nom : Malreich. Et c'était le nom que portait le petit gentilhomme français venu à la cour de Veldenz au XVIIIe siècle.

Il reprit :

« De quel pays, ce Malreich ?

— D'origine française, mais né en Allemagne... J'ai aperçu des papiers une fois... C'est comme ça que j'ai appris son nom. Ah ! s'il l'avait su, il m'aurait étranglé, je crois. »

Lupin réfléchit et prononça :

« C'est lui qui vous commandait tous ?

— Oui.

— Mais il avait un complice, un associé ?

— Ah ! taisez-vous... taisez-vous... »

La figure du maître d'hôtel exprimait soudain l'anxiété la plus vive. Lupin discerna la même sorte d'effroi, de répulsion qu'il éprouvait lui-même en songeant à l'assassin.

« Qui est-ce ? Tu l'as vu ?

— Oh ! ne parlons pas de celui-là... on ne doit pas parler de lui.

— Qui est-ce, je te demande ?

— C'est le maître... le chef... personne ne le connaît.

— Mais tu l'as vu, toi. Réponds. Tu l'as vu ?

— Dans l'ombre, quelquefois... la nuit. Jamais en plein jour. Ses ordres arrivent sur de petits bouts de papier... ou par téléphone.

— Son nom ?

— Je l'ignore. On ne parlait jamais de lui. Ça portait malheur.

— Il est vêtu de noir, n'est-ce pas ?

— Oui, de noir. Il est petit et mince... blond...

— Et il tue, n'est-ce pas ?

— Oui, il tue... il tue comme d'autres volent un morceau de pain. »

Sa voix tremblait. Il supplia:

« Taisons-nous... il ne faut pas en parler... je vous le dis... ça porte malheur. »

Lupin se tut, impressionné malgré lui par l'angoisse de cet homme.

Il resta longtemps pensif, puis il se leva et dit au maître d'hôtel :

« Tiens, voilà ton argent, mais si tu veux vivre en paix, tu feras sagement de ne souffler mot à personne de notre entrevue. »

Il sortit du restaurant avec Doudeville, et il marcha jusqu'à la Porte-Saint-Denis, sans mot dire, préoccupé par tout ce qu'il venait d'apprendre.

Enfin il saisit le bras de son compagnon et prononça :

« Ecoute bien, Doudeville. Tu vas aller à la gare du Nord où tu arriveras à temps pour sauter dans

l'express du Luxembourg. Tu iras à Veldenz, la capi-
tale du grand-duché de Deux-Ponts-Veldenz. A la maison de ville, tu obtiendras facilement l'acte de naissance du chevalier de Malreich, et des renseignements
sur sa famille. Après-demain samedi, tu seras de
retour.

— Dois-je prévenir à la Sûreté ?

— Je m'en charge. Je téléphonerai que tu es
malade. Ah ! un mot encore. On se retrouvera à midi
dans un petit café de la route de la Révolte, qu'on
appelle le restaurant Buffalo. Mets-toi en ouvrier. »

Dès le lendemain, Lupin, vêtu d'un bourgeron et
coiffé d'une casquette, se dirigea vers Neuilly et commença son enquête au numéro 3 de la route de la
Révolte. Une porte cochère ouvre sur une première
cour, et, là, c'est une véritable cité, toute une suite de
passages et d'ateliers où grouille une population
d'artisans, de femmes et de gamins. En quelques
minutes, il gagna la sympathie de la concierge avec
laquelle il bavarda, durant une heure, sur les sujets les
plus divers. Durant cette heure, il vit passer les uns
après les autres trois individus dont l'allure le frappa.

« Ça, pensa-t-il, c'est du gibier, et qui sent fort... ça se
suit à l'odeur... L'air d'honnêtes gens, parbleu ! mais
l'œil du fauve qui sait que l'ennemi est partout, et que
chaque buisson, chaque touffe d'herbe peut cacher
une embûche. »

L'après-midi et le matin du samedi, il poursuivit ses
investigations, et il acquit la certitude que les sept
complices d'Altenheim habitaient tous dans ce
groupe d'immeubles. Quatre d'entre eux exerçaient
ouvertement la profession de « marchands d'habits ».
Deux autres vendaient des journaux, le septième se
disait brocanteur et c'est ainsi du reste qu'on le nom-
mait.

Ils passaient les uns auprès des autres sans avoir
l'air de se connaître. Mais, le soir, Lupin constata
qu'ils se réunissaient dans une sorte de remise située
tout au fond de la dernière des cours, remise où le

Brocanteur accumulait ses marchandises, vieilles fer-
railles, salamandres démolies, tuyaux de poêles
rouillés... et sans doute aussi la plupart des objets
volés.

« Allons, se dit-il, la besogne avance. J'ai demandé
un mois à mon cousin d'Allemagne, je crois qu'une
quinzaine suffira. Et, ce qui me fait plaisir, c'est de
commencer l'opération par les gaillards qui m'ont fait
faire un plongeon dans la Seine. Mon pauvre vieux
Gourel, je vais enfin te venger. Pas trop tôt ! »

A midi, il entrait au restaurant Buffalo, dans une
petite salle basse, où des maçons et des cochers
venaient consommer le plat du jour.

Quelqu'un vint s'asseoir auprès de lui.

« C'est fait, patron.

— Ah ! c'est toi, Doudeville. Tant mieux. J'ai hâte de
savoir. Tu as les renseignements ? L'acte de naissance ? Vite, raconte.

— Eh bien, voilà. Le père et la mère d'Altenheim
sont morts à l'étranger.

— Passons.

— Ils laissaient trois enfants.

— Trois ?

— Oui, l'aîné aurait aujourd'hui trente ans. Il
s'appelait Raoul de Malreich.

— C'est notre homme, Altenheim. Après ?

— Le plus jeune enfant était une fille, Isilda. Le
registre porte à l'encre fraîche la mention « Décé-
dée ».

— Isilda... Isilda, redit Lupin... c'est bien ce que je
pensais, Isilda était la sœur d'Altenheim... J'avais bien
vu en elle une expression de physionomie que je
connaissais... Voilà le lien qui les rattachait... Mais
l'autre, le troisième enfant, ou plutôt le second, le
cadet ?

— Un fils. Il aurait actuellement vingt-six ans.

— Son nom ?

— Louis de Malreich. »

Lupin eut un petit choc.

« Ça y est ! Louis de Malreich... Les initiales L. M...

L'affreuse et terrifiante signature... L'assassin se nomme Louis de Malreich... C'était le frère d'Altenheim et le frère d'Isilda. Et il a tué l'un et il a tué l'autre par crainte de leurs révélations... »

Lupin demeura longtemps taciturne, sombre, avec l'obsession, sans doute, de l'être mystérieux.

Doudeville objecta :

« Que pouvait-il craindre de sa sœur Isilda ? Elle était folle, m'a-t-on dit.

— Folle, oui, mais capable de se rappeler certains détails de son enfance. Elle aura reconnu le frère avec lequel elle avait été élevée... Et ce souvenir lui a coûté la vie. »

Et il ajouta :

« Folle ! mais tous ces gens-là sont fous... La mère folle... Le père alcoolique... Altenheim, une véritable brute... Isilda, une pauvre démente... Et quant à l'autre, l'assassin, c'est le monstre, le maniaque imbécile...

— Imbécile, vous trouvez, patron ?

— Eh oui, imbécile ! Avec des éclairs de génie, avec des ruses et des intuitions de démon, mais un détraqué, un fou comme toute cette famille de Malreich. Il n'y a que les fous qui tuent, et surtout des fous comme celui-là. Car enfin... »

Il s'interrompit, et son visage se contracta si profondément que Doudeville en fut frappé.

« Qu'y a-t-il patron ?

— Regarde. »

III

Un homme venait d'entrer qui suspendit à une
patère son chapeau — un chapeau noir, en feutre
mou —, s'assit à une petite table, examina le menu
qu'un garçon lui offrait, commanda, et attendit,
immobile, le buste rigide, les deux bras croisés sur la
nappe.

Et Lupin le vit bien en face.

Il avait un visage maigre et sec, entièrement glabre,
troué d'orbites profondes au creux desquelles on apercevait des yeux gris, couleur de fer. La peau paraissait
tendue d'un os à l'autre, comme un parchemin, si
raide, si épais, qu'aucun poil n'aurait pu le percer.

Et le visage était morne. Aucune expression ne l'animait. Aucune pensée ne semblait vivre sous ce front
d'ivoire. Et les paupières, sans cils, ne bougeaient
jamais, ce qui donnait au regard la fixité d'un regard
de statue.

Lupin fit signe à l'un des garçons de l'établissement.

« Quel est ce monsieur ?

— Celui qui déjeune là ?

— Oui.

— C'est un client. Il vient deux ou trois fois la
semaine.

— Vous connaissez son nom ?

— Parbleu oui !... Léon Massier.

— Oh ! balbutia Lupin, tout ému, L. M... les deux
lettres... serait-ce Louis de Malreich ? »

Il le contempla avidement. En vérité l'aspect de
l'homme se trouvait conforme à ses prévisions, à ce
qu'il savait de lui et de son existence hideuse. Mais ce

qui le troublait, c'était ce regard de mort, là où il attendait la vie et la flamme... c'était l'impassibilité, là où il
supposait le tourment, le désordre, la grimace puis-
sante des grands maudits.

Il dit au garçon :

« Que fait-il, ce monsieur ?

— Ma foi, je ne saurais trop dire. C'est un drôle de
pistolet... Il est toujours tout seul... Il ne parle jamais
à personne. Ici nous ne connaissons même pas le son
de sa voix. Du doigt il désigne sur le menu les plats
qu'il veut... En vingt minutes, c'est expédié... Il paie...
s'en va...

— Et il revient ?

— Tous les quatre ou cinq jours. Ce n'est pas régulier.

— C'est lui, ce ne peut être que lui, se répétait
Lupin, c'est Malreich, le voilà... il respire à quatre pas
de moi. Voilà les mains qui tuent. Voilà le cerveau
qu'enivre l'odeur du sang... Voilà le monstre, le vam-
pire... »

Et pourtant, était-ce possible ? Lupin avait fini par
le considérer comme un être tellement fantastique
qu'il était déconcerté de le voir sous une forme
vivante, allant, venant, agissant. Il ne s'expliquait pas
qu'il mangeât, comme les autres, du pain et de la
viande, et qu'il bût de la bière comme le premier venu,
lui qu'il avait imaginé ainsi qu'une bête immonde qui
se repaît de chair vivante et suce le sang de ses victimes.

« Allons-nous-en, Doudeville.

— Qu'est-ce que vous avez, patron ? vous êtes tout
pâle.

— J'ai besoin d'air. Sortons. »

Dehors, il respira largement, essuya son front couvert de sueur et murmura :

« Ça va mieux. J'étouffais. »

Et, se dominant, il reprit :

« Doudeville, le dénouement approche. Depuis des
semaines, je lutte à tâtons contre l'invisible ennemi. Et

voilà tout à coup que le hasard le met sur mon chemin ! Maintenant, la partie est égale.

— Si l'on se séparait, patron ? Notre homme nous a
vus ensemble. Il nous remarquera moins, l'un sans
l'autre.

— Nous a-t-il vus ? dit Lupin pensivement. Il semble ne rien voir, et ne rien entendre et ne rien regarder.
Quel type déconcertant ! »

Et de fait, dix minutes après, Léon Massier apparut
et s'éloigna, sans même observer s'il était suivi. Il avait
allumé une cigarette et fumait, l'une de ses mains
derrière le dos, marchant en flâneur qui jouit du soleil
et de l'air frais, et qui ne soupçonne pas qu'on peut
surveiller sa promenade.

Il franchit l'octroi, longea les fortifications, sortit de
nouveau par la porte Champerret, et revint sur ses pas
par la route de la Révolte.

Allait-il entrer dans les immeubles du numéro 3 ?
Lupin le désira vivement, car c'eût été la preuve certaine de sa complicité avec la bande Altenheim : mais
l'homme tourna et gagna la rue Delaizement qu'il suivit jusqu'au-delà du vélodrome Buffalo.

A gauche, en face du vélodrome, parmi les jeux de
tennis en location et les baraques qui bordent la rue
Delaizement, il y avait un petit pavillon isolé, entouré
d'un jardin exigu.

Léon Massier s'arrêta, prit son trousseau de clefs,
ouvrit d'abord la grille du jardin, ensuite la porte du
pavillon, et disparut.

Lupin s'avança avec précaution. Tout de suite il
nota que les immeubles de la route de la Révolte se
prolongeaient, par-derrière, jusqu'au mur du jardin.

S'étant approché davantage, il vit que ce mur était
très haut, et qu'une remise, bâtie au fond du jardin,
s'appuyait contre lui.

Par la disposition des lieux, il acquit la certitude que
cette remise était adossée à la remise qui s'élevait dans
la dernière cour du numéro 3 et qui servait de débar-
ras au Brocanteur.

Ainsi donc, Léon Massier habitait une maison

contiguë à la pièce où se réunissaient les sept complices de la bande Altenheim. Par conséquent, Léon Massier était bien le chef suprême qui commandait cette bande, et c'était évidemment par un passage existant entre les deux remises qu'il communiquait avec ses affidés.

« Je ne m'étais pas trompé, dit Lupin, Léon Massier et Louis de Malreich ne font qu'un. La situation se simplifie.

— Rudement, approuva Doudeville, et, avant quelques jours, tout sera réglé.

— C'est-à-dire que j'aurai reçu un coup de stylet dans la gorge.

— Qu'est-ce que vous dites, patron ? En voilà une idée !

— Bah ! qui sait ! J'ai toujours eu le pressentiment que ce monstre-là me porterait malheur. »

Désormais, il s'agissait, pour ainsi dire, d'assister à la vie de Malreich, de façon à ce qu'aucun de ses gestes ne fût ignoré.

Cette vie, si l'on en croyait les gens du quartier que Doudeville interrogea, était des plus bizarres. Le type du Pavillon, comme on l'appelait, demeurait là depuis quelques mois seulement. Il ne voyait et ne recevait personne. On ne lui connaissait aucun domestique. Et les fenêtres, pourtant grandes ouvertes, même la nuit, restaient toujours obscures, sans que jamais la clarté d'une bougie ou d'une lampe les illuminât.

D'ailleurs, la plupart du temps, Léon Massier sortait au déclin du jour et ne rentrait que fort tard — à l'aube, prétendaient des personnes qui l'avaient rencontré au lever du soleil.

« Et sait-on ce qu'il fait ? demanda Lupin à son compagnon, quand celui-ci l'eut rejoint.

— Non. Son existence est absolument irrégulière, il disparaît quelquefois pendant plusieurs jours... ou plutôt il demeure enfermé. Somme toute, on ne sait rien.

— Eh bien, nous saurons, nous, et avant peu. »

Il se trompait. Après huit jours d'investigations et d'efforts continus, il n'en avait pas appris davantage sur le compte de cet étrange individu. Il se passait ceci d'extraordinaire, c'est que, subitement, tandis que Lupin le suivait, l'homme, qui cheminait à petits pas le long des rues, sans jamais s'arrêter, l'homme disparaissait comme par miracle. Il usa bien quelquefois de maisons à double sortie. Mais, d'autres fois, il semblait s'évanouir au milieu de la foule, ainsi qu'un fantôme. Et Lupin restait là, pétrifié, ahuri, plein de rage et de confusion.

Il courait aussitôt à la rue Delaizement et montait la faction. Les minutes s'ajoutaient aux minutes, les quarts d'heure aux quarts d'heure. Une partie de la nuit s'écoulait. Puis survenait l'homme mystérieux. Qu'avait-il pu faire ?

IV

« Un pneumatique pour vous, patron », lui dit Doudeville un soir vers huit heures, en le rejoignant rue Delaizement.

Lupin déchira. Mme Kesselbach le suppliait de venir à son secours. A la tombée du jour, deux hommes avaient stationné sous ses fenêtres et l'un d'eux avait dit : « Veine, on n'y a vu que du feu... Alors, c'est entendu, nous ferons le coup cette nuit. » Elle était descendue et avait constaté que le volet de l'office ne fermait plus, ou du moins, qu'on pouvait l'ouvrir de l'extérieur.

« Enfin, dit Lupin, c'est l'ennemi lui-même qui nous offre la bataille. Tant mieux ! J'en ai assez de faire le pied de grue sous les fenêtres de Malreich.

— Est-ce qu'il est là, en ce moment ?

— Non, il m'a encore joué un tour de sa façon dans Paris. J'allais lui en jouer un de la mienne. Mais tout d'abord, écoute-moi bien, Doudeville. Tu vas réunir une dizaine de nos hommes les plus solides... tiens, prends Marco et l'huissier Jérôme. Depuis l'histoire du Palace-Hôtel, je leur avais donné quelques vacances... Qu'ils viennent pour cette fois. Nos hommes rassemblés, mène-les rue des Vignes. Le père Charolais et son fils doivent déjà monter la faction. Tu t'entendras avec eux, et, à onze heures et demie, tu viendras me rejoindre au coin de la rue des Vignes et de la rue Raynouard. De là, nous surveillerons la maison. »

Doudeville s'éloigna. Lupin attendit encore une heure jusqu'à ce que la paisible rue Delaizement fût tout à fait déserte, puis, voyant que Léon Massier ne rentrait pas, il se décida et s'approcha du pavillon.

Personne autour de lui... Il prit son élan et bondit sur le rebord de pierre qui soutenait la grille du jardin. Quelques minutes après, il était dans la place.

Son projet consistait à forcer la porte de la maison et à fouiller les chambres, afin de trouver les fameuses lettres de l'Empereur dérobées par Malreich à Veldenz. Mais il pensa qu'une visite à la remise était plus urgente.

Il fut très surpris de voir qu'elle n'était point fermée et de constater ensuite, à la lueur de sa lanterne électrique, qu'elle était absolument vide et qu'aucune porte ne trouait le mur du fond.

Il chercha longtemps, sans plus de succès. Mais dehors, il aperçut une échelle, dressée contre la remise, et qui servait évidemment à monter dans une sorte de soupente pratiquée sous le toit d'ardoises.

De vieilles caisses, des bottes de paille, des châssis de jardinier encombraient cette soupente, ou plutôt semblaient l'encombrer, car il découvrit facilement un passage qui le conduisit au mur.

Là, il se heurta à un châssis, qu'il voulut déplacer.

Ne le pouvant pas, il l'examina de plus près et s'avisa, d'abord qu'il était fixé à la muraille, et, ensuite, qu'un des carreaux manquait.

Il passa le bras : c'était le vide. Il projeta vivement la lueur de la lanterne et regarda : c'était un grand hangar, une remise plus vaste que celle du pavillon et remplie de ferraille et d'objets de toute espèce.

« Nous y sommes, se dit Lupin, cette lucarne est pratiquée dans la remise du Brocanteur, tout en haut, et c'est de là que Louis de Malreich voit, entend et surveille ses complices, sans être vu ni entendu par eux. Je m'explique maintenant qu'ils ne connaissent pas leur chef. »

Renseigné, il éteignit sa lumière, et il se disposait à partir quand une porte s'ouvrit en face de lui et tout en bas. Quelqu'un entra. Une lampe fut allumée. Il reconnut le Brocanteur.

Il résolut alors de rester, puisque aussi bien l'expédition ne pouvait avoir lieu tant que cet homme serait là.

Le Brocanteur avait sorti deux revolvers de sa poche.

Il vérifia leur fonctionnement et changea les balles tout en sifflotant un refrain de café-concert.

Une heure s'écoula de la sorte. Lupin commençait à s'inquiéter, sans se résoudre pourtant à partir.

Des minutes encore passèrent, une demi-heure, une heure...

Enfin, l'homme dit à haute voix :

« Entre. »

Un des bandits se glissa dans la remise, et, coup sur coup, il en arriva un troisième, un quatrième...

« Nous sommes au complet, dit le Brocanteur. Dieudonné et le Joufflu nous rejoignent là-bas. Allons, pas de temps à perdre... Vous êtes armés ?

— Jusqu'à la gauche.

— Tant mieux. Ce sera chaud.

— Comment sais-tu ça, le Brocanteur ?

— J'ai vu le chef... Quand je dis que je l'ai vu... Non... Enfin il m'a parlé...

— Oui, fit un des hommes, dans l'ombre, comme toujours, au coin d'une rue. Ah ! j'aimais mieux les façons d'Altenheim. Au moins, on savait ce qu'on faisait.

— Ne le sais-tu pas ? riposta le Brocanteur... On cambriole le domicile de la Kesselbach.

— Et les deux gardiens ? les deux bonshommes qu'a postés Lupin ?

— Tant pis pour eux. Nous sommes sept. Ils n'auront qu'à se taire.

— Et la Kesselbach ?

— Le bâillon d'abord, puis la corde, et on l'amène ici... Tiens, sur ce vieux canapé... Là, on attendra les ordres.

— C'est bien payé ?

— Les bijoux de la Kesselbach, d'abord.

— Oui, si ça réussit, mais je parle du certain.

— Trois billets de cent francs, d'avance, pour chacun de nous. Le double après.

— Tu as l'argent ?

— Oui.

— A la bonne heure. On peut dire ce qu'on voudra, n'empêche que, pour ce qui est du paiement, il n'y en a pas deux comme ce type-là. »

Et, d'une voix si basse que Lupin la perçut à peine :

« Dis donc, le Brocanteur, si on est forcé de jouer du couteau, il y a une prime ?

— Toujours la même. Deux mille.

— Si c'est Lupin ?

— Trois mille.

— Ah ! si nous pouvions l'avoir, celui-là. »

Les uns après les autres ils quittèrent la remise.

Lupin entendit encore ces mots du Brocanteur :

« Voilà le plan d'attaque. On se sépare en trois groupes. Un coup de sifflet, et chacun va de l'avant... »

En hâte Lupin sortit de sa cachette, descendit l'échelle, contourna le pavillon sans y entrer, et repassa par-dessus la grille.

« Le Brocanteur a raison, ça va chauffer... Ah ! c'est à ma peau qu'ils en veulent ! Une prime pour Lupin ! Les canailles ! »

Il franchit l'octroi et sauta dans un taxi-auto.

« Rue Raynouard. »

Il se fit arrêter à trois cents pas de la rue des Vignes et marcha jusqu'à l'angle des deux rues.

A sa grande stupeur, Doudeville n'était pas là.

« Bizarre, se dit Lupin, il est plus de minuit pourtant... Ça me semble louche, cette affaire-là. »

Il patienta dix minutes, vingt minutes. A minuit et demi, personne. Un retard devenait dangereux. Après tout, si Doudeville et ses amis n'avaient pu venir, Charolais, son fils et lui, Lupin, suffiraient à repousser l'attaque, sans compter l'aide des domestiques.

Il avança donc. Mais deux hommes lui apparurent qui cherchaient à se dissimuler dans l'ombre d'un renfoncement.

« Bigre, se dit-il, c'est l'avant-garde de la bande,

Dieudonné et le Joufflu. Je me suis laissé bêtement distancer. »

Là, il perdit encore du temps. Marcherait-il droit sur eux pour les mettre hors de combat et pour pénétrer ensuite dans la maison par la fenêtre de l'office, qu'il savait libre ? C'était le parti le plus prudent, qui lui permettait en outre d'emmener immédiatement Mme Kesselbach et de la mettre hors de cause.

Oui, mais c'était aussi l'échec de son plan, et c'était manquer cette unique occasion de prendre au piège la bande entière, et, sans aucun doute aussi, Louis de Malreich.

Soudain un coup de sifflet vibra quelque part, de l'autre côté de la maison.

Etait-ce les autres, déjà ? Et une contre-attaque allait-elle se produire par le jardin ?

Mais, au signal donné, les deux hommes avaient enjambé la fenêtre. Ils disparurent.

Lupin bondit, escalada le balcon et sauta dans l'office. Au bruit des pas, il jugea que les assaillants étaient passés dans le jardin, et ce bruit était si net qu'il fut tranquille. Charolais et son fils ne pouvaient pas ne pas avoir entendu.

Il monta donc. La chambre de Mme Kesselbach se trouvait sur le palier. Vivement il entra.

A la clarté d'une veilleuse, il aperçut Dolorès, sur un divan, évanouie. Il se précipita sur elle, la souleva, et, d'une voix impérieuse, l'obligeant de répondre :

« Ecoutez... Charolais ? Son fils ?... Où sont-ils ? »

Elle balbutia :

« Comment ?... mais... partis...

— Quoi ! partis !

— Vous m'avez écrit... il y a une heure, un message téléphonique... »

Il ramassa près d'elle un papier bleu et lut :

« Renvoyez immédiatement les deux gardiens... et tous mes hommes... je les attends au Grand-Hôtel. Soyez sans crainte. »

« Tonnerre ! et vous avez cru ! Mais vos domestiques ?

— Partis. »

Il s'approcha de la fenêtre. Dehors, trois hommes venaient de l'extrémité du jardin.

Par la fenêtre de la chambre voisine, qui donnait sur la rue, il en vit deux autres, dehors.

Et il songea à Dieudonné, au Joufflu, à Louis de Malreich surtout, qui devait rôder invisible et formidable.

« Bigre, murmura-t-il, je commence à croire que je suis fichu. »

L'HOMME NOIR

I

En cet instant, Arsène Lupin eut l'impression, la certitude qu'il avait été attiré dans un guet-apens, par des moyens qu'il n'avait pas le loisir de discerner, mais dont il devinait l'habileté et l'adresse prodigieuses.

Tout était combiné, tout était voulu : l'éloignement de ses hommes, la disparition ou la trahison des domestiques, sa présence même dans la maison de Mme Kesselbach.

Evidemment tout cela avait réussi au gré de l'ennemi, grâce à des circonstances heureuses jusqu'au miracle — car enfin il aurait pu survenir avant que le faux message ne fît partir ses amis. Mais alors c'était la bataille de sa bande à lui contre la bande Altenheim. Et Lupin, se rappelant la conduite de Malreich, l'assassinat d'Altenheim, l'empoisonnement de la folle à Veldenz, Lupin se demanda si le guet-apens était dirigé contre lui seul, et si Malreich n'avait pas entrevu comme possibles une mêlée générale et la suppression de complices qui, maintenant, le gênaient.

Intuition plutôt chez lui, idée fugitive qui l'effleura. L'heure était à l'action. Il fallait défendre Dolorès dont l'enlèvement, en toute hypothèse, était la raison même de l'attaque.

Il entrebâilla la fenêtre de la rue, et braqua son revolver. Un coup de feu, l'alarme donnée dans le quartier, et les bandits s'enfuiraient.

« Eh bien, non, murmura-t-il, non. Il ne sera pas dit que j'aurai esquivé la lutte. L'occasion est trop belle... Et puis qui sait s'ils s'enfuiraient !... Ils sont en nombre et se moquent des voisins. »

Il rentra dans la chambre de Dolorès. En bas, du bruit. Il écouta, et, comme cela provenait de l'escalier, il ferma la serrure à double tour.

Dolorès pleurait et se convulsait sur le divan.

Il la supplia :

« Avez-vous la force ? Nous sommes au premier étage. Je pourrais vous aider à descendre... Des draps à la fenêtre...

— Non, non, ne me quittez pas... Ils vont me tuer... Défendez-moi. »

Il la prit dans ses bras et la porta dans la chambre voisine. Et, se penchant sur elle :

« Ne bougez pas et soyez calme. Je vous jure que, moi vivant, aucun de ces hommes ne vous touchera. »

La porte de la première chambre fut ébranlée. Dolorès s'écria, en s'accrochant à lui :

« Ah ! les voilà... les voilà... Ils vous tueront... vous êtes seul... »

Il lui dit ardemment :

« Je ne suis pas seul : vous êtes là... vous êtes là près de moi. »

Il voulut se dégager. Elle lui saisit la tête entre ses deux mains, le regarda profondément dans les yeux, et murmura :

« Où allez-vous ? Qu'allez-vous faire ? Non... ne mourez pas... je ne veux pas... il faut vivre... il le faut... »

Elle balbutia des mots qu'il n'entendit pas et qu'elle semblait étouffer entre ses lèvres pour qu'il ne les entendît point, et, à bout d'énergie, exténuée, elle retomba sans connaissance.

Il se pencha sur elle, et la contempla un instant. Doucement il effleura ses cheveux d'un baiser.

Puis il retourna dans la première chambre, ferma soigneusement la porte qui séparait les deux pièces et alluma l'électricité.

« Minute, les enfants ! cria-t-il. Vous êtes donc bien pressés de vous faire démolir ?... Vous savez que c'est Lupin qui est là ? Gare la danse ! »

Tout en parlant il avait déplié un paravent de façon à cacher le sofa où reposait tout à l'heure Mme Kesselbach, et il avait jeté sur ce sofa des robes et des couvertures.

La porte allait se briser sous l'effort des assaillants.

« Voilà ! j'accours ! Vous êtes prêts ? Eh bien, au premier de ces messieurs !... »

Rapidement il tourna la clef et tira le verrou.

Des cris, des menaces, un grouillement de brutes haineuses dans l'encadrement de la porte ouverte.

Et pourtant nul n'osait avancer. Avant de se ruer sur Lupin, ils hésitaient, saisis d'inquiétude, de peur...

C'est là ce qu'il avait prévu.

Debout, au milieu de la pièce, bien en lumière, le bras tendu, il tenait entre ses doigts une liasse de billets de banque avec lesquels il faisait, en les comptant un à un, sept parts égales. Et tranquillement, il déclarait :

« Trois mille francs de prime pour chacun si Lupin est envoyé *ad patres* ? C'est bien ça, n'est-ce pas, qu'on vous a promis ? En voilà le double. »

Il déposa les paquets sur une table, à portée des bandits.

Le Brocanteur hurla :

« Des histoires ! Il cherche à gagner du temps. Tirons dessus ! »

Il leva le bras. Ses compagnons le retinrent.

Et Lupin continuait :

« Bien entendu, cela ne change rien à votre plan de campagne. Vous vous êtes introduits ici : 1° pour enlever Mme Kesselbach ; 2° et accessoirement, pour faire main basse sur ses bijoux. Je me considérerais comme le dernier des misérables si je m'opposais à ce double dessein.

— Ah ! çà, où veux-tu en venir ? grogna le Brocanteur qui écoutait malgré lui.

— Ah ! ah ! le Brocanteur, je commence à t'intéresser. Entre donc, mon vieux... Entrez donc tous... Il y a des courants d'air au haut de cet escalier... et des mignons comme vous risqueraient de s'enrhumer... Eh quoi ! nous avons peur ? Je suis pourtant tout seul... Allons, du courage, mes agneaux. »

Ils pénétrèrent dans la pièce, intrigués et méfiants.

« Pousse la porte, le Brocanteur... on sera plus à l'aise. Merci, mon gros. Ah ! je vois, en passant, que les billets de mille se sont évanouis. Par conséquent, on est d'accord. Comme on s'entend tout de même entre honnêtes gens !

— Après ?

— Après ? eh bien ! puisque nous sommes associés...

— Associés !

— Dame ! n'avez-vous pas accepté mon argent ? On travaille ensemble, mon gros, et c'est ensemble que nous allons : 1° enlever la jeune personne ; 2° enlever les bijoux. »

Le Brocanteur ricana :

« Pas besoin de toi.

— Si mon gros.

— En quoi ?

— En ce que vous ignorez où se trouve la cachette aux bijoux, et que, moi, je la connais.

— On la trouvera.

— Demain. Pas cette nuit.

— Alors, cause. Qu'est-ce que tu veux ?

— Le partage des bijoux.

— Pourquoi n'as-tu pas tout pris, puisque tu connais la cachette ?

— Impossible de l'ouvrir seul. Il y a un secret, mais je l'ignore. Vous êtes là, je me sers de vous. »

Le Brocanteur hésitait.

« Partager... partager... Quelques cailloux et un peu de cuivre peut-être...

— Imbécile ! Il y en a pour plus d'un million. »

Les hommes frémirent, impressionnés.

« Soit, dit le Brocanteur, mais si la Kesselbach fiche le camp ? Elle est dans l'autre chambre, n'est-ce pas ?

— Non, elle est ici. »

Lupin écarta un instant l'une des feuilles du paravent et laissa entrevoir l'amas de robes et de couvertures qu'il avait préparé sur le sofa.

« Elle est ici, évanouie. Mais je ne la livrerai qu'après le partage.

— Cependant...

— C'est à prendre ou à laisser. J'ai beau être seul. Vous savez ce que je vaux. Donc... »

Les hommes se consultèrent et le Brocanteur dit :

« Où est la cachette ?

— Sous le foyer de la cheminée. Mais il faut, quand on ignore le secret, soulever d'abord toute la cheminée, la glace, les marbres, et tout cela d'un bloc, paraît-il. Le travail est dur.

— Bah ! nous sommes d'attaque. Tu vas voir ça. En cinq minutes... »

Il donna des ordres, et aussitôt ses compagnons se mirent à l'œuvre avec un entrain et une discipline admirables. Deux d'entre eux, montés sur des chaises, s'efforçaient de soulever la glace. Les quatre autres s'attaquèrent à la cheminée elle-même. Le Brocanteur, à genoux, surveillait le foyer et commandait :

« Hardi, les gars !... Ensemble, s'il vous plaît... Attention !... une, deux... Ah ! tenez, ça bouge. »

Immobile derrière eux, les mains dans ses poches, Lupin les considérait avec attendrissement, et, en même temps, il savourait de tout son orgueil, en artiste et en maître, cette épreuve si violente de son autorité, de sa force, de l'empire incroyable qu'il exerçait sur les autres. Comment ces bandits avaient-ils pu admettre une seconde cette invraisemblable histoire, et perdre toute notion des choses, au point de lui abandonner toutes les chances de la bataille ?

Il tira de ses poches deux grands revolvers, massifs et formidables, tendit les deux bras, et, tranquillement, choisissant les deux premiers hommes qu'il abattrait, et les deux autres qui tomberaient à la suite, il visa comme il eût visé sur deux cibles, dans un stand. Deux coups de feu à la fois, et deux encore...

Des hurlements... Quatre hommes s'écroulèrent les uns après les autres, comme des poupées au jeu de massacre.

« Quatre ôtés de sept, reste trois, dit Lupin. Faut-il continuer ? »

Ses bras demeuraient tendus, ses deux revolvers braqués sur le groupe que formaient le Brocanteur et ses deux compagnons.

« Salaud ! gronda le Brocanteur, tout en cherchant une arme.

— Haut les pattes ! cria Lupin, ou je tire... Parfait ! maintenant, vous autres, désarmez-le... sinon... »

Les deux bandits, tremblants de peur, paralysaient leur chef, et l'obligeaient à la soumission.

« Ligotez-le !... Ligotez-le, sacré nom ! Qu'est-ce que ça peut vous faire ?... Moi parti, vous êtes tous libres... Allons, nous y sommes ? Les poignets d'abord... avec vos ceintures... Et les chevilles. Plus vite que ça... »

Désemparé, vaincu, le Brocanteur ne résistait plus. Tandis que ses compagnons l'attachaient, Lupin se baissa sur eux et leur asséna deux terribles coups de crosse sur la tête. Ils s'affaissèrent.

« Voilà de la bonne besogne, dit-il en respirant. Dommage qu'il n'y en ait pas encore une cinquantaine... J'étais en train... Et tout cela avec une aisance... le sourire aux lèvres... Qu'en penses-tu, le Brocanteur ? »

Le bandit maugréait. Il lui dit :

« Sois pas mélancolique, mon gros. Console-toi en te disant que tu coopères à une bonne action, le salut de Mme Kesselbach. Elle va te remercier elle-même de ta galanterie. »

Il se dirigea vers la porte de la seconde chambre et l'ouvrit.

« Ah ! » fit-il, en s'arrêtant sur le seuil, interdit, bouleversé.

La chambre était vide.

Il s'approcha de la fenêtre, et vit une échelle
appuyée au balcon, une échelle d'acier démontable.

« Enlevée... enlevée... murmura-t-il. Louis de
Malreich... Ah ! le forban... »

II

Il réfléchit une minute, tout en s'efforçant de dominer son angoisse, et se dit qu'après tout, comme Mme Kesselbach ne semblait courir aucun danger immédiat, il n'y avait pas lieu de s'alarmer. Mais une rage soudaine le secoua, et il se précipita sur les bandits, distribua quelques coups de botte aux blessés qui s'agitaient, chercha et reprit ses billets de banque, puis bâillonna des bouches, lia des mains avec tout ce qu'il trouva, cordons de rideaux, embrasses, couvertures et draps réduits en bandelettes, et finalement aligna sur le tapis, devant le canapé, sept paquets humains, serrés les uns contre les autres, et ficelés comme des colis.

« Brochette de momies sur canapé, ricana-t-il. Mets succulent pour un amateur ! Tas d'idiots, comment avez-vous fait votre compte ? Vous voilà comme des noyés à la Morgue... Mais aussi on s'attaque à Lupin, à Lupin défenseur de la veuve et de l'orphelin !... Vous tremblez ? Faut pas, les agneaux ! Lupin n'a jamais fait de mal à une mouche... Seulement, Lupin est un honnête homme qui n'aime pas la fripouille, et Lupin connaît ses devoirs. Voyons, est-ce qu'on peut vivre avec des chenapans comme vous ? Alors quoi ? plus de respect pour la vie du prochain ? plus de respect pour le bien d'autrui ? plus de lois ? plus de société ? plus de conscience ? plus rien. Où allons-nous, Seigneur, où allons-nous ? »

Sans même prendre la peine de les enfermer, il sortit de la chambre, gagna la rue, et marcha jusqu'à ce qu'il eût rejoint son taxi-auto. Il envoya le chauffeur à la recherche d'une autre automobile, et ramena les deux voitures devant la maison de Mme Kesselbach.

Un bon pourboire, donné d'avance, évita les explications oiseuses. Avec l'aide des deux hommes il descendit les sept prisonniers et les installa dans les voitures, pêle-mêle, sur les genoux les uns des autres. Les blessés criaient, gémissaient. Il ferma les portes.

« Gare les mains », dit-il.

Il monta sur le siège de la première voiture.

« En route !

— Où va-t-on ? demanda le chauffeur.

— 36, quai des Orfèvres, à la Sûreté. »

Les moteurs ronflèrent... un bruit de déclenchements, et l'étrange cortège se mit à dévaler par les pentes du Trocadéro.

Dans les rues on dépassa quelques charrettes de légumes. Des hommes, armés de perches, éteignaient des réverbères.

Il y avait des étoiles au ciel. Une brise fraîche flottait dans l'espace.

Lupin chantait.

La place de la Concorde, le Louvre... Au loin, la masse noire de Notre-Dame...

Il se retourna et entrouvrit la portière :

« Ça va bien, les camarades ? Moi aussi, merci. La nuit est délicieuse, et on respire un air !... »

On sauta sur les pavés plus inégaux des quais. Et aussitôt, ce fut le Palais de justice et la porte de la Sûreté.

« Restez là, dit Lupin aux deux chauffeurs, et surtout soignez bien vos sept clients. »

Il franchit la première cour et suivit le couloir de droite qui aboutissait aux locaux du service central.

Des inspecteurs s'y trouvaient en permanence.

« Du gibier, messieurs, dit-il en entrant, et du gros. M. Weber est là ? Je suis le nouveau commissaire de police d'Auteuil.

— M. Weber est dans son appartement. Faut-il le prévenir ?

— Une seconde. Je suis pressé. Je vais lui laisser un mot. »

Il s'assit devant une table et écrivit :

« Mon cher Weber,

« Je t'amène les sept bandits qui composaient la bande d'Altenheim, ceux qui ont tué Gourel... et bien d'autres, qui m'ont tué également sous le nom de M. Lenormand.

« Il ne reste plus que leur chef. Je vais procéder à son arrestation immédiate. Viens me rejoindre. Il habite à Neuilly, rue Delaizement, et se fait appeler Léon Massier.

Cordiales salutations.

« Arsène LUPIN,
« *Chef de la Sûreté.* »

Il cacheta.

« Voici pour M. Weber. C'est urgent. Maintenant, il me faut sept hommes pour prendre livraison de la marchandise. Je l'ai laissée sur le quai. »

Devant les autos, il fut rejoint par un inspecteur principal.

« Ah ! c'est vous, monsieur Lebœuf, lui dit-il. J'ai fait un beau coup de filet... Toute la bande d'Altenheim... Ils sont là dans les autos.

— Où donc les avez-vous pris ?

— En train d'enlever Mme Kesselbach et de piller sa maison. Mais j'expliquerai tout cela, en temps opportun. »

L'inspecteur principal le prit à part, et, d'un air étonné :

« Mais, pardon, on est venu me chercher de la part du commissaire d'Auteuil. Et il ne me semble pas... A qui ai-je l'honneur de parler ?...

— A la personne qui vous fait le joli cadeau de sept apaches de la plus belle qualité.

— Encore voudrais-je savoir ?

— Mon nom ?

— Oui.

— Arsène Lupin. »

Il donna vivement un croc-en-jambe à son interlocuteur, courut jusqu'à la rue de Rivoli, sauta dans une automobile qui passait et se fit conduire à la porte des Ternes.

Les immeubles de la route de la Révolte étaient proches ; il se dirigea vers le numéro 3.

Malgré tout son sang-froid, et l'empire qu'il avait sur lui-même, Arsène Lupin ne parvenait pas à dominer l'émotion qui l'envahissait. Retrouverait-il Dolorès Kesselbach ? Louis de Malreich avait-il ramené la jeune femme, soit chez lui, soit dans la remise du Brocanteur ?

Lupin avait pris au Brocanteur la clef de cette remise, de sorte qu'il lui fut facile, après avoir sonné et après avoir traversé toutes les cours, d'ouvrir la porte et de pénétrer dans le magasin de bric-à-brac.

Il alluma sa lanterne et s'orienta. Un peu à droite, il y avait l'espace libre où il avait vu les complices tenir un dernier conciliabule.

Sur le canapé désigné par le Brocanteur, il aperçut une forme noire.

Enveloppée de couvertures, bâillonnée, Dolorès gisait là...

Il la secourut.

« Ah ! vous voilà... vous voilà, balbutia-t-elle... Ils ne vous ont rien fait ? »

Et aussitôt, se dressant et montrant le fond du magasin :

« Là, *il* est parti de ce côté... j'ai entendu... je suis sûre... il faut aller... je vous en prie...

— Vous d'abord, dit-il.

— Non, lui... frappez-le... je vous en prie... frappez-le. »

La peur, cette fois, au lieu de l'abattre, semblait lui donner des forces inusitées, et elle répéta, dans un immense désir de livrer l'effroyable ennemi qui la torturait :

« Lui d'abord... Je ne peux plus vivre, il faut que vous me sauviez de lui... il le faut... je ne peux plus vivre... »

Il la délia, l'étendit soigneusement sur le canapé et lui dit :

« Vous avez raison... D'ailleurs, ici vous n'avez rien à craindre... Attendez-moi, je reviens... »

Comme il s'éloignait, elle saisit sa main vivement :

« Mais vous ?

— Eh bien ?

— Si cet homme... »

On eût dit qu'elle appréhendait pour Lupin ce combat suprême auquel elle l'exposait, et que, au dernier moment, elle eût été heureuse de le retenir.

Il murmura :

« Merci, soyez tranquille. Qu'ai-je à redouter ? Il est seul. »

Et, la laissant, il se dirigea vers le fond. Comme il s'y attendait, il découvrit une échelle dressée contre le mur, et qui le conduisit au niveau de la petite lucarne grâce à laquelle il avait assisté à la réunion des bandits. C'était le chemin que Malreich avait pris pour rejoindre sa maison de la rue Delaizement.

Il refit ce chemin, comme il l'avait fait quelques heures plus tôt, passa dans l'autre remise et descendit dans le jardin. Il se trouvait derrière le pavillon même occupé par Malreich.

Chose étrange, il ne douta pas une seconde que Malreich ne fût là. Inévitablement il allait le rencontrer, et le duel formidable qu'ils soutenaient l'un contre l'autre touchait à sa fin. Quelques minutes encore, et tout serait terminé.

Il fut confondu ! Ayant saisi la poignée d'une porte, cette poignée tourna et la porte céda sous son effort Le pavillon n'était même pas fermé.

Il traversa une cuisine, un vestibule, et monta un escalier, et il avançait délibérément, sans chercher à étouffer le bruit de ses pas.

Sur le palier, il s'arrêta. La sueur coulait de son front et ses tempes battaient sous l'afflux du sang.

Pourtant, il restait calme, maître de lui et conscient de ses moindres pensées.

Il déposa sur une marche ses deux revolvers.

« Pas d'armes, se dit-il, mes mains seules, rien que l'effort de mes deux mains... ça suffit... ça vaut mieux. »

En face de lui, trois portes. Il choisit celle du milieu, et fit jouer la serrure. Aucun obstacle. Il entra.

Il n'y avait point de lumière dans la chambre, mais, par la fenêtre grande ouverte, pénétrait la clarté de la nuit, et dans l'ombre il apercevait les draps et les rideaux blancs du lit.

Et là quelqu'un se dressait.

Brutalement, sur cette silhouette, il lança le jet de sa lanterne.

« Malreich ! »

Le visage blême de Malreich, ses yeux sombres, ses pommettes de cadavre, son cou décharné...

Et tout cela était immobile, à cinq pas de lui, et il n'aurait su dire si ce visage inerte, si ce visage de mort exprimait la moindre terreur ou même seulement un peu d'inquiétude.

Lupin fit un pas, et un deuxième, et un troisième.

L'homme ne bougeait point.

Voyait-il ? Comprenait-il ? On eût dit que ses yeux regardaient dans le vide et qu'il se croyait obsédé par une hallucination plutôt que frappé par une image réelle.

Encore un pas...

« Il va se défendre, pensa Lupin, il faut qu'il se défende. »

Et Lupin avança le bras vers lui.

L'homme ne fit pas un geste, il ne recula point, ses paupières ne battirent pas. Le contact eut lieu.

Et ce fut Lupin qui, bouleversé, épouvanté, perdit la tête. Il renversa l'homme, le coucha sur son lit, le roula dans ses draps, le sangla dans ses couvertures, et le tint sous son genou comme une proie... sans que l'homme eût tenté le moindre geste de résistance.

« Ah ! clama Lupin, ivre de joie et de haine assouvie,

je t'ai enfin écrasée, bête odieuse ! Je suis le maître enfin !... »

Il entendit du bruit dehors, dans la rue Delaizement, des coups que l'on frappait contre la grille. Il se précipita vers la fenêtre et cria :

« C'est toi, Weber ! Déjà ! A la bonne heure ! Tu es un serviteur modèle ! Ferme la grille, mon bonhomme, et accours, tu seras le bienvenu. »

En quelques minutes, il fouilla les vêtements de son prisonnier, s'empara de son portefeuille, rafla les papiers qu'il put trouver dans les tiroirs du bureau et du secrétaire, les jeta tous sur la table et les examina.

Il eut un cri de joie : le paquet de lettres était là, le paquet des fameuses lettres qu'il avait promis de rendre à l'Empereur.

Il remit les papiers à leur place et courut à la fenêtre.

« Voilà qui est fait, Weber ! Tu peux entrer ! Tu trouveras l'assassin de Kesselbach dans son lit, tout préparé et tout ficelé... Adieu, Weber... »

Et Lupin, dégringolant rapidement l'escalier, courut jusqu'à la remise et, tandis que Weber s'introduisait dans la maison, il rejoignit Dolorès Kesselbach.

A lui seul, il avait arrêté les sept compagnons d'Altenheim !

Et il avait livré à la justice le chef mystérieux de la bande, le monstre infâme, Louis de Malreich !

III

Sur un large balcon de bois, assis devant une table, un jeune homme écrivait.

Parfois il levait la tête et contemplait d'un regard vague l'horizon des coteaux où les arbres, dépouillés par l'automne, laissaient tomber leurs dernières feuilles sur les toits rouges des villas et sur les pelouses des jardins. Puis il recommençait à écrire.

Au bout d'un moment, il prit sa feuille de papier et lut à haute voix :

> *Nos jours s'en vont à la dérive,*
> *Comme emportés par un courant*
> *Qui les pousse vers une rive*
> *Que l'on n'aborde qu'en mourant.*

« Pas mal, fit une voix derrière lui, Mme Amable Tastu n'eût pas fait mieux. Enfin, tout le monde ne peut pas être Lamartine.

— Vous !... Vous ! balbutia le jeune homme avec égarement.

— Mais oui, poète, moi-même, Arsène Lupin qui vient voir son cher ami Pierre Leduc. »

Pierre Leduc se mit à trembler, comme grelottant de fièvre. Il dit à voix basse :

« L'heure est venue ?

— Oui, mon excellent Pierre Leduc, l'heure est venue pour toi de quitter ou plutôt d'interrompre la molle existence de poète que tu mènes depuis plusieurs mois aux pieds de Geneviève Ernemont et de Mme Kesselbach, et d'interpréter le rôle que je t'ai réservé dans ma pièce… une jolie pièce, je t'assure, un bon petit drame bien charpenté, selon les règles de l'art, avec trémolos, rires et grincements de dents. Nous voici arrivés au cinquième acte, le dénouement approche, et c'est toi, Pierre Leduc, qui en est le héros. Quelle gloire ! »

Le jeune homme se leva :

« Et si je refuse ?

— Idiot !

— Oui, si je refuse ? Après tout, qui m'oblige à me soumettre à votre volonté ? Qui m'oblige à accepter un rôle que je ne connais pas encore, mais qui me répugne d'avance, et dont j'ai honte ?

— Idiot ! » répéta Lupin.

Et forçant Pierre Leduc à s'asseoir, il prit place auprès de lui et, de sa voix la plus douce :

« Tu oublies tout à fait, bon jeune homme, que tu ne t'appelles pas Pierre Leduc, mais Gérard Baupré. Si tu portes le nom admirable de Pierre Leduc, c'est que toi, Gérard Baupré, tu as assassiné Pierre Leduc et lui as volé sa personnalité. »

Le jeune homme sauta d'indignation :

« Vous êtes fou ! vous savez bien que c'est vous qui avez tout combiné…

— Parbleu, oui, je le sais bien, mais la justice quand je lui fournirai la preuve que le véritable Pierre Leduc est mort de mort violente, et que, toi, tu as pris sa place ? »

Atterré, le jeune homme bégaya :

« On ne le croira pas… Pourquoi aurais-je fait cela ? Dans quel but ?

— Idiot ! Le but est si visible que Weber lui-même l'eût aperçu. Tu mens quand tu dis que tu ne veux pas accepter un rôle que tu ignores. Ce rôle, tu le connais. C'est celui qu'eût joué Pierre Leduc s'il n'était pas mort.

— Mais Pierre Leduc, pour moi, pour tout le monde, ce n'est encore qu'un nom. Qui était-il ? Qui suis-je ?

— Qu'est-ce que ça peut te faire ?

— Je veux savoir. Je veux savoir où je vais.

— Et si tu le sais, marcheras-tu droit devant toi ?

— Oui, si ce but dont vous parlez en vaut la peine.

— Sans cela, crois-tu que je me donnerais tant de mal ?

— Qui suis-je ? Et quel que soit mon destin, soyez sûr que j'en serai digne. Mais je veux savoir. Qui suis-je ? »

Arsène Lupin ôta son chapeau, s'inclina et dit :

« Hermann IV, grand-duc de Deux-Ponts-Veldenz, prince de Berncastel, électeur de Trèves, et seigneur d'autres lieux. »

Trois jours plus tard, Lupin emmenait Mme Kesselbach en automobile du côté de la frontière. Le voyage fut silencieux.

Lupin se rappelait avec émotion le geste effrayé de Dolorès et les paroles qu'elle avait prononcées dans la maison de la rue des Vignes au moment où il allait la défendre contre les complices d'Altenheim. Et elle devait s'en souvenir aussi car elle restait gênée en sa présence, et visiblement troublée.

Le soir ils arrivèrent dans un petit château tout vêtu de feuilles et de fleurs, coiffé d'un énorme chapeau d'ardoises, et entouré d'un grand jardin aux arbres séculaires.

Ils y trouvèrent Geneviève déjà installée, et qui revenait de la ville voisine où elle avait choisi des domestiques du pays.

« Voici votre demeure, madame, dit Lupin. C'est le château de Bruggen. Vous y attendrez en toute sécurité la fin de ces événements. Demain, Pierre Leduc, que j'ai prévenu, sera votre hôte. »

Il repartit aussitôt, se dirigea sur Veldenz et remit au comte de Waldemar le paquet des fameuses lettres qu'il avait reconquises.

« Vous connaissez mes conditions, mon cher Waldemar, dit Lupin... Il s'agit, avant tout, de relever la maison de Deux-Ponts-Veldenz et de rendre le grand-duché au grand-duc Hermann IV.

— Dès aujourd'hui je vais commencer les négociations avec le conseil de régence. D'après mes renseignements, ce sera chose facile. Mais ce grand-duc
Hermann...

— Son Altesse habite actuellement, sous le nom de
Pierre Leduc, le château de Bruggen. Je donnerai sur
son identité toutes les preuves qu'il faudra. »

Le soir même, Lupin reprenait la route de Paris,
avec l'intention d'y pousser activement le procès de
Malreich et des sept bandits.

Ce que fut cette affaire, la façon dont elle fut
conduite, et comment elle se déroula, il serait fasti-
dieux d'en parler, tellement les faits, et tellement
même les plus petits détails, sont présents à la
mémoire de tous. C'est un de ces événements sensa-
tionnels, que les paysans les plus frustes des bourga-
des les plus lointaines commentent et racontent entre
eux.

Mais ce que je voudrais rappeler, c'est la part
énorme que prit Arsène Lupin à la poursuite de
l'affaire, et aux incidents de l'instruction.

En fait, l'instruction ce fut lui qui la dirigea. Dès le
début, il se substitua aux pouvoirs publics, ordonnant
les perquisitions, indiquant les mesures à prendre,
prescrivant les questions à poser aux prévenus, ayant
réponse à tout...

Qui ne se souvient de l'ahurissement général, chaque matin, quand on lisait dans les journaux ces lettres irrésistibles de logique et d'autorité, ces lettres
signées tour à tour :

Arsène Lupin, juge d'instruction.
Arsène Lupin, procureur général.
Arsène Lupin, garde des Sceaux.
Arsène Lupin, flic.

Il apportait à la besogne un entrain, une ardeur, une
violence même, qui étonnaient de sa part à lui, si plein
d'ironie habituellement, et, somme toute, par tempé-

rament, si disposé à une indulgence en quelque sorte professionnelle.

Non, cette fois, il haïssait.

Il haïssait ce Louis de Malreich, bandit sanguinaire, bête immonde, dont il avait toujours eu peur, et qui, même enfermé, même vaincu, lui donnait encore cette impression d'effroi et de répugnance que l'on éprouve à la vue d'un reptile.

En outre, Malreich n'avait-il pas eu l'audace de persécuter Dolorès ?

« Il a joué, il a perdu, se disait Lupin, sa tête sautera. »

C'était cela qu'il voulait, pour son affreux ennemi : l'échafaud, le matin blafard où le couperet de la guillotine glisse et tue...

Etrange prévenu, celui que le juge d'instruction questionna durant des mois entre les murs de son cabinet ! Etrange personnage que cet homme osseux, à figure de squelette, aux yeux morts !

Il semblait absent de lui-même. Il n'était pas là, mais ailleurs. Et si peu soucieux de répondre !

« Je m'appelle Léon Massier. »

Telle fut l'unique phrase dans laquelle il se renferma.

Et Lupin ripostait :

« Tu mens. Léon Massier, né à Périgueux, orphelin à l'âge de dix ans, est mort il y a sept ans. Tu as pris ses papiers. Mais tu oublies son acte de décès. Le voilà. »

Et Lupin envoya au parquet une copie de l'acte.

« Je suis Léon Massier, affirmait de nouveau le prévenu.

— Tu mens, répliquait Lupin, tu es Louis de Malreich, le dernier descendant d'un petit noble établi en Allemagne au XVIIIe siècle. Tu avais un frère, qui tour à tour s'est fait appeler Parbury, Ribeira et Altenheim : ce frère, tu l'as tué. Tu avais une sœur, Isilda de Malreich : cette sœur, tu l'as tuée.

— Je suis Léon Massier.

— Tu mens. Tu es Malreich. Voilà ton acte de naissance. Voici celui de ton frère, celui de ta sœur. »

Et les trois actes, Lupin les envoya.

D'ailleurs, sauf en ce qui concernait son identité,
Malreich ne se défendait pas, écrasé sans doute sous
l'accumulation des preuves que l'on relevait contre
lui. Que pouvait-il dire ? On possédait quarante billets
écrits de sa main, — la comparaison des écritures le
démontra — écrits de sa main à la bande de ses complices, et qu'il avait négligé de déchirer, après les avoir
repris.

Et tous ces billets étaient des ordres visant l'affaire
Kesselbach, l'enlèvement de M. Lenormand et de
Gourel, la poursuite du vieux Steinweg, l'établissement des souterrains de Garches, etc. Etait-il possible
de nier ?

Une chose assez bizarre déconcerta la justice.
Confrontés avec leur chef, les sept bandits affirmèrent
tous qu'ils ne le connaissaient point. Ils ne l'avaient
jamais vu. Ils recevaient ses instructions, soit par téléphone, soit dans l'ombre, au moyen précisément de
ces petits billets que Malreich leur transmettait rapidement, sans un mot.

Mais, du reste, la communication entre le pavillon
de la rue Delaizement et la remise du Brocanteur
n'était-elle pas une preuve suffisante de complicité ?
De là, Malreich voyait et entendait. De là, le chef surveillait ses hommes.

Les contradictions ? les faits en apparence inconci-
liables ? Lupin expliqua tout. Dans un article célèbre,
publié le matin du procès, il prit l'affaire à son début,
en révéla les dessous, en débrouilla l'écheveau, montra Malreich habitant, à l'insu de tous, la chambre de
son frère, le faux major Parbury, allant et venant, invisible, par les couloirs du Palace-Hôtel, et assassinant
Kesselbach, assassinant le garçon d'hôtel, assassinant
le secrétaire Chapman.

On se rappelle les débats. Ils furent terrifiants à la
fois et mornes ; terrifiants par l'atmosphère
d'angoisse qui pesa sur la foule et par les souvenirs de

crime et de sang qui obsédaient les mémoires ; mornes, lourds, obscurs, étouffants, par suite du silence formidable que garda l'accusé.

Pas une révolte. Pas un mouvement. Pas un mot.

Figure de cire, qui ne voyait pas et qui n'entendait pas ! Vision effrayante de calme et d'impassibilité ! Dans la salle on frissonnait. Les imaginations affolées, plutôt qu'un homme, évoquaient une sorte d'être surnaturel, un génie des légendes orientales, un de ces dieux de l'Inde qui sont le symbole de tout ce qui est féroce, cruel, sanguinaire et destructeur.

Quant aux autres bandits, on ne les regardait même pas, comparses insignifiants qui se perdaient dans l'ombre de cc chef démesuré.

La déposition la plus émouvante fut celle de Mme Kesselbach. A l'étonnement de tous, et à la surprise même de Lupin, Dolorès qui n'avait répondu à aucune des convocations du juge, et dont on ignorait la retraite, Dolorès apparut, veuve douloureuse, pour apporter un témoignage irrécusable contre l'assassin de son mari.

Elle dit simplement, après l'avoir regardé longtemps :

« C'est celui-là qui a pénétré dans ma maison de la rue des Vignes, c'est lui qui m'a enlevée, et c'est lui qui m'a enfermée dans la remise du Brocanteur. Je le reconnais.

— Vous l'affirmez ?

— Je le jure devant Dieu et devant les hommes. »

Le surlendemain, Louis de Malreich, dit Léon Massier, était condamné à mort. Et sa personnalité absorbait tellement, pourrait-on dire, celle de ses complices que ceux-ci bénéficièrent de circonstances atténuantes.

« Louis de Malreich, vous n'avez rien à dire ? » demanda le président des assises.

Il ne répondit pas.

Une seule question resta obscure aux yeux de Lupin. Pourquoi Malreich avait-il commis tous ces crimes ? Que voulait-il ? Quel était son but ?

Lupin ne devait pas tarder à l'apprendre et le jour était proche où, tout pantelant d'horreur, frappé de désespoir, mortellement atteint, le jour était proche où il allait savoir l'épouvantable vérité.

Pour le moment, sans que l'idée néanmoins cessât de l'effleurer, il ne s'occupa plus de l'affaire Malreich. Résolu à faire peau neuve, comme il disait, rassuré d'autre part sur le sort de Mme Kesselbach et de Geneviève, dont il suivait de loin l'existence paisible, et enfin tenu au courant par Jean Doudeville qu'il avait envoyé à Veldenz, tenu au courant de toutes les négociations qui se poursuivaient entre la Cour d'Allemagne et la Régence de Deux-Ponts-Veldenz, il employait, lui, tout son temps à liquider le passé et à préparer l'avenir.

L'idée de la vie différente qu'il voulait mener sous les yeux de Mme Kesselbach l'agitait d'ambitions nouvelles et de sentiments imprévus, où l'image de Dolorès se trouvait mêlée sans qu'il s'en rendît un compte exact.

En quelques semaines, il supprima toutes les preuves qui auraient pu un jour le compromettre, toutes les traces qui auraient pu conduire jusqu'à lui. Il donna à chacun de ses anciens compagnons une somme d'argent suffisante pour les mettre à l'abri du besoin, et il leur dit adieu en leur annonçant qu'il partait pour l'Amérique du Sud.

Un matin, après une nuit de réflexions minutieuses et une étude approfondie de la situation, il s'écria :

« C'est fini. Plus rien à craindre. Le vieux Lupin est mort. Place au jeune. »

On lui apporta une dépêche d'Allemagne. C'était le dénouement attendu. Le Conseil de Régence, fortement influencé par la cour de Berlin, avait soumis la question aux électeurs du grand-duché, et les électeurs, fortement influencés par le Conseil de Régence, avaient affirmé leur attachement inébranlable à la vieille dynastie des Veldenz. Le comte de Waldemar était chargé, ainsi que trois délégués de la noblesse, de l'armée et de la magistrature, d'aller au château de Bruggen, d'établir rigoureusement l'identité du grand-duc Hermann IV, et de prendre avec Son Altesse toutes dispositions relatives à son entrée triomphale dans la principauté de ses pères, entrée qui aurait lieu vers le début du mois suivant.

« Cette fois, ça y est, se dit Lupin, le grand projet de M. Kesselbach se réalise. Il ne reste plus qu'à faire avaler mon Pierre Leduc au Waldemar. Jeu d'enfant ! Demain les bans de Geneviève et de Pierre seront publiés. Et c'est la fiancée du grand-duc que l'on présentera à Waldemar ! »

Et, tout heureux, il partit en automobile pour le château de Bruggen.

Il chantait dans sa voiture, il sifflait, il interpellait son chauffeur.

« Octave, sais-tu qui tu as l'honneur de conduire ? Le maître du monde... Oui, mon vieux, ça t'épate, hein ? Parfaitement, c'est la vérité. Je suis le maître du monde. »

Il se frottait les mains, et, continuant à monologuer :

« Tout de même, ce fut long. Voilà un an que la lutte a commencé. Il est vrai que c'est la lutte la plus formidable que j'aie soutenue... Nom d'un chien, quelle guerre de géants !... »

Et il répéta :

« Mais cette fois ça y est. Les ennemis sont à l'eau. Plus d'obstacles entre le but et moi. La place est libre, bâtissons ! J'ai les matériaux sous la main, j'ai les ouvriers, bâtissons, Lupin ! Et que le palais soit digne de toi ! »

Il se fit arrêter à quelques centaines de mètres du château pour que son arrivée fût plus discrète, et il dit à Octave :

« Tu entreras d'ici vingt minutes, à quatre heures, et tu iras déposer mes valises dans le petit chalet qui est au bout du parc. C'est là que j'habiterai. »

Au premier détour du chemin, le château lui apparut, à l'extrémité d'une sombre allée de tilleuls. De loin, sur le perron, il aperçut Geneviève qui passait.

Son cœur s'émut doucement.

« Geneviève, Geneviève, dit-il avec tendresse... Geneviève... le vœu que j'ai fait à ta mère mourante se réalise également... Geneviève, grande-duchesse... Et moi, dans l'ombre, près d'elle, veillant à son bonheur... et poursuivant les grandes combinaisons de Lupin. »

Il éclata de rire, sauta derrière un groupe d'arbres qui se dressaient à gauche de l'allée, et fila le long d'épais massifs. De la sorte il parvenait au château sans qu'on eût pu le surprendre des fenêtres du salon ou des chambres principales.

Son désir était de voir Dolorès avant qu'elle ne le vît, et, comme il avait fait pour Geneviève, il prononça son nom plusieurs fois, mais avec une émotion qui l'étonnait lui-même :

« Dolorès... Dolorès... »

Furtivement il suivit les couloirs et gagna la salle à manger. De cette pièce, par une glace sans tain, il pouvait apercevoir la moitié du salon.

Il s'approcha.

Dolorès était allongée sur une chaise longue, et Pierre Leduc, à genoux devant elle, la regardait d'un air extasié.

LA CARTE DE L'EUROPE

I

Pierre Leduc aimait Dolorès !

Ce fut en Lupin une douleur profonde, aiguë, comme s'il avait été blessé dans le principe même de sa vie, une douleur si forte qu'il eut — et c'était la première fois — la vision nette de ce que Dolorès était devenue pour lui, peu à peu, sans qu'il en prît conscience.

Pierre Leduc aimait Dolorès, et il la regardait comme on regarde celle qu'on aime.

Lupin sentit en lui, aveugle et forcené, l'instinct du meurtre. Ce regard, ce regard d'amour qui se posait sur la jeune femme, ce regard l'affolait. Il avait l'impression du grand silence qui enveloppait la jeune femme et le jeune homme, et, dans ce silence, dans l'immobilité des attitudes, il n'y avait plus de vivant que ce regard d'amour, que cet hymne muet et voluptueux par lequel les yeux disaient toute la passion, tout le désir, tout l'enthousiasme, tout l'emportement d'un être pour un autre.

Et il voyait Mme Kesselbach aussi. Les yeux de Dolorès étaient invisibles sous ses paupières baissées, ses paupières soyeuses aux longs cils noirs. Mais comme elle sentait le regard d'amour qui cherchait son regard ! Comme elle frémissait sous la caresse impalpable !

« Elle l'aime... elle l'aime », se dit Lupin, brûlé de jalousie.

Et, comme Pierre faisait un geste :

« Oh ! le misérable, s'il ose la toucher, je le tue. »

Et il songeait, tout en constatant la déroute de sa raison, et en s'efforçant de la combattre :

« Suis-je bête ! Comment, toi, Lupin, tu te laisses aller !... Voyons, c'est tout naturel si elle l'aime... Oui, évidemment, tu avais cru deviner en elle une certaine émotion à ton approche... un certain trouble... Triple idiot, mais tu n'es qu'un bandit, toi, un voleur... tandis que lui, il est duc, il est jeune... »

Pierre n'avait pas bougé davantage. Mais ses lèvres remuèrent, et il sembla que Dolorès s'éveillait. Doucement, lentement, elle leva les paupières, tourna un peu la tête, et ses yeux se donnèrent à ceux du jeune homme, de ce même regard qui s'offre, et qui se livre, et qui est plus profond que le plus profond des baisers.

Ce fut soudain, brusque comme un coup de tonnerre. En trois bonds, Lupin se rua dans le salon, s'élança sur le jeune homme, le jeta par terre, et, le genou sur la poitrine de son rival, hors de lui, dressé vers Mme Kesselbach, il cria :

« Mais vous ne savez donc pas ? Il ne vous a pas dit, le fourbe ?... Et vous l'aimez, lui ? Il a donc une tête de grand-duc ? Ah ! que c'est drôle !... »

Il ricanait rageusement, tandis que Dolorès le considérait avec stupeur :

« Un grand-duc, lui ! Hermann IV, duc de Deux-Ponts-Veldenz ! Prince régnant ! Grand électeur ! mais c'est à mourir de rire. Lui ! Mais il s'appelle Beaupré, Gérard Beaupré, le dernier des vagabonds... un mendiant que j'ai ramassé dans la boue. Grand-duc ? Mais c'est moi qui l'ai fait grand-duc ! Ah ! ah ! que c'est drôle !... Si vous l'aviez vu se couper le petit doigt... trois fois il s'est évanoui... une poule mouillée... Ah ! tu te permets de lever les yeux sur les dames... et de te révolter contre le maître... Attends un peu, grand-duc de Deux-Ponts-Veldenz. »

Il le prit dans ses bras, comme un paquet, le balança un instant et le jeta par la fenêtre ouverte.

« Gare aux rosiers, grand-duc, il y a des épines. »

Quand il se retourna, Dolorès était contre lui, et elle

le regardait avec des yeux qu'il ne lui connaissait pas, des yeux de femme qui hait et que la colère exaspère. Etait-ce possible que ce fût Dolorès, la faible et maladive Dolorès ?

Elle balbutia :

« Qu'est-ce que vous faites ?... Vous osez ?... Et lui ?... Alors, c'est vrai ?... Il m'a menti ?

— S'il a menti ? s'écria Lupin, comprenant son humiliation de femme... S'il a menti ? Lui, grand-duc ! Un polichinelle tout simplement, un instrument que j'accordais pour y jouer des airs de ma fantaisie ! Ah ! l'imbécile ! l'imbécile ! »

Repris de rage, il frappait du pied et montrait le poing vers la fenêtre ouverte. Et il se mit à marcher d'un bout à l'autre de la pièce, et il jetait des phrases où éclatait la violence de ses pensées secrètes.

« L'imbécile ! Il n'a donc pas vu ce que j'attendais de lui ? Il n'a donc pas deviné la grandeur de son rôle ? Ah ! ce rôle, je le lui entrerai de force dans le crâne. Haut la tête, crétin ! Tu seras grand-duc de par ma volonté ! Et prince régnant ! avec une liste civile, et des sujets à tondre ! et un palais que Charlemagne te rebâtira ! et un maître qui sera moi, Lupin ! Comprends-tu, ganache ? Haut la tête, sacré nom, plus haut que ça ! Regarde le ciel, souviens-toi qu'un Deux-Ponts fut pendu pour vol avant même qu'il ne fût question des Hohenzollern. Et tu es un Deux-Ponts, nom de nom, pas un de moins, et je suis là, moi, moi, Lupin ! Et tu seras grand-duc, je te le dis, grand-duc de carton ? Soit, mais grand-duc quand même, animé par mon souffle et brûlé de ma fièvre. Fantoche ? Soit. Mais un fantoche qui dira *mes* paroles, qui fera *mes* gestes, qui exécutera *mes* volontés, qui réalisera *mes* rêves... oui... mes rêves. »

Il ne bougeait plus, comme ébloui par la magnificence de son rêve intérieur.

Puis il s'approcha de Dolorès, et, la voix sourde, avec une sorte d'exaltation mystique, il proféra :

« A ma gauche, l'Alsace-Lorraine... A ma droite, Bade, le Wurtemberg, la Bavière... l'Allemagne du

Sud, tous ces Etats mal soudés, mécontents, écrasés sous la botte du Charlemagne prussien, mais inquiets, tous prêts à s'affranchir... Comprenez-vous tout ce qu'un homme comme moi peut faire là au milieu, tout ce qu'il peut éveiller d'aspirations, tout ce qu'il peut souffler de haines, tout ce qu'il peut susciter de révoltes et de colères ? »

Plus bas encore, il répéta :

« Et à gauche, l'Alsace-Lorraine !... Comprenez-vous ? Cela, des rêves, allons donc ! c'est la réalité d'après-demain, de demain. Oui... je veux... je veux... Oh ! tout ce que je veux et tout ce que je ferai, c'est inouï !... Mais pensez donc, à deux pas de la frontière d'Alsace ! en plein pays allemand ! près du vieux Rhin ! Il suffira d'un peu d'intrigue, d'un peu de génie, pour bouleverser le monde. Le génie, j'en ai... j'en ai à revendre... Et je serai le maître ! Je serai celui qui dirige. Pour l'autre, pour le fantoche, le titre et les honneurs... Pour moi, le pouvoir ! Je resterai dans l'ombre. Pas de charge : ni ministre, ni même chambellan ! Rien. Je serai l'un des serviteurs du palais, le jardinier peut-être... Oui, le jardinier... Oh ! la vie formidable ! cultiver des fleurs et changer la carte de l'Europe ! »

Elle le contemplait avidement, dominée, soumise par la force de cet homme. Et ses yeux exprimaient une admiration qu'elle ne cherchait point à dissimuler. Il posa les mains sur les épaules de la jeune femme et il dit :

« Voilà mon rêve. Si grand qu'il soit, il sera dépassé par les faits, je vous le jure. Le Kaiser a déjà vu ce que je valais. Un jour, il me trouvera devant lui, campé, face à face. J'ai tous les atouts en main. Valenglay marchera pour moi !... L'Angleterre aussi... la partie est jouée... Voilà mon rêve... Il en est un autre... »

Il se tut subitement. Dolorès ne le quittait pas des yeux, et une émotion infinie bouleversait son visage.

Une grande joie le pénétra à sentir une fois de plus, et si nettement, le trouble de cette femme auprès de lui. Il n'avait plus l'impression d'être pour elle... ce qu'il était, un voleur, un bandit, mais un homme, un homme qui aimait, et dont l'amour remuait, au fond d'une âme amie, des sentiments inexprimés.

Alors, il ne parla point, mais il lui dit, sans les prononcer, tous les mots de tendresse et d'adoration, et il songeait à la vie qu'ils pourraient mener quelque part, non loin de Veldenz, ignorés et tout-puissants.

Un long silence les unit. Puis, elle se leva et ordonna doucement :

« Allez-vous-en, je vous supplie de partir... Pierre épousera Geneviève, cela je vous le promets, mais il vaut mieux que vous partiez... que vous ne soyez pas là... Allez-vous-en, Pierre épousera Geneviève... »

Il attendit un instant. Peut-être eût-il voulu des mots plus précis, mais il n'osait rien demander. Et il se retira, ébloui, grisé, et si heureux d'obéir et de soumettre sa destinée à la sienne !

Sur son chemin vers la porte, il rencontra une chaise basse qu'il dut déplacer. Mais son pied heurta quelque chose. Il baissa la tête. C'était un petit miroir de poche, en ébène, avec un chiffre en or.

Soudain, il tressaillit, et vivement ramassa l'objet.

Le chiffre se composait de deux lettres entrelacées, un L et un M.

Un L et un M !

« Louis de Malreich », dit-il en frissonnant.

Il se retourna vers Dolorès.

« D'où vient ce miroir ? A qui est-ce ? Il serait très important de... »

Elle saisit l'objet et l'examina :

« Je ne sais pas... je ne l'ai jamais vu... un domestique peut-être.

— Un domestique, en effet, dit-il, mais c'est très bizarre... il y a là une coïncidence... »

Au même moment, Geneviève entra par la porte du salon, et, sans voir Lupin, que cachait un paravent, tout de suite, elle s'écria :

« Tiens ! votre glace, Dolorès... Vous l'avez donc retrouvée ?... Depuis le temps que vous me faites chercher !... Où était-elle ? »

Et la jeune fille s'en alla en disant :

« Ah ! bien, tant mieux !... Ce que vous étiez inquiète !... je vais avertir immédiatement pour qu'on ne cherche plus... »

Lupin n'avait pas remué, confondu et tâchant vainement de comprendre. Pourquoi Dolorès n'avait-elle pas dit la vérité ? Pourquoi ne s'était-elle pas expliquée aussitôt sur ce miroir ?

Une idée l'effleura, et il dit, un peu au hasard :

« Vous connaissiez Louis de Malreich ?

— Oui », fit-elle, en l'observant, comme si elle s'efforçait de deviner les pensées qui l'assiégeaient.

Il se précipita vers elle avec une agitation extrême.

« Vous le connaissiez ? Qui était-ce ? Qui est-ce ? Qui est-ce ? Et pourquoi n'avez-vous rien dit ? Où l'avez-vous connu ? Parlez... Répondez... Je vous en prie...

— Non, dit-elle.

— Il le faut, cependant... il le faut... Songez donc ! Louis de Malreich, l'assassin ! le monstre !... Pourquoi n'avez-vous rien dit ? »

A son tour, elle posa les mains sur les épaules de Lupin, et elle déclara, d'une voix très ferme :

« Ecoutez, ne m'interrogez jamais parce que je ne parlerai jamais... C'est un secret qui mourra avec moi... Quoi qu'il arrive, personne ne le saura, personne au monde, je le jure... »

Durant quelques minutes, il demeura devant elle, anxieux, le cerveau en déroute.

Il se rappelait le silence de Steinweg, et la terreur du vieillard quand il lui avait demandé la révélation du secret terrible. Dolorès savait, elle aussi, et elle se taisait.

Sans un mot, il sortit.

Le grand air, l'espace, lui firent du bien. Il franchit les murs du parc, et longtemps erra à travers la campagne. Et il parlait à haute voix :

« Qu'y a-t-il ? Que se passe-t-il ? Voilà des mois et des mois que, tout en bataillant et en agissant, je fais danser au bout de leurs cordes tous les personnages qui doivent concourir à l'exécution de mes projets ; et, pendant ce temps, j'ai complètement oublié de me pencher sur eux et de regarder ce qui s'agite dans leur cœur et dans leur cerveau. Je ne connais pas Pierre Leduc, je ne connais pas Geneviève, je ne connais pas Dolorès... Et je les ai traités en pantins, alors que ce sont des personnages vivants. Et aujourd'hui, je me heurte à des obstacles... »

Il frappa du pied et s'écria :

« A des obstacles qui n'existent pas ! L'état d'âme de Geneviève et de Pierre, je m'en moque... j'étudierai cela plus tard, à Veldenz, quand j'aurai fait leur bonheur. Mais Dolorès... Elle connaît Malreich, et elle n'a rien dit !... Pourquoi ? Quelles relations les unissent ? A-t-elle peur de lui ? A-t-elle peur qu'il ne s'évade et ne vienne se venger d'une indiscrétion ? »

A la nuit, il gagna le chalet qu'il s'était réservé au

fond du parc, et il y dîna de fort mauvaise humeur, pestant contre Octave qui le servait, ou trop lentement, ou trop vite.

« J'en ai assez, laisse-moi seul... Tu ne fais que des bêtises aujourd'hui... Et ce café ?... il est ignoble. »

Il jeta la tasse à moitié pleine et, durant deux heures, se promena dans le parc, ressassant les mêmes idées. A la fin, une hypothèse se précisait en lui :

« Malreich s'est échappé de prison, il terrorise Mme Kesselbach, il sait déjà par elle l'incident du miroir... »

Lupin haussa les épaules :

« Et cette nuit, il va venir te tirer par les pieds. Allons, je radote. Le mieux est de me coucher. »

Il rentra dans sa chambre et se mit au lit. Aussitôt, il s'assoupit, d'un lourd sommeil agité de cauchemars. Deux fois il se réveilla et voulut allumer sa bougie, et deux fois il retomba, comme terrassé.

Il entendait sonner les heures cependant à l'horloge du village, ou plutôt il croyait les entendre, car il était plongé dans une sorte de torpeur où il lui semblait garder tout son esprit.

Et des songes le hantèrent, des songes d'angoisse et d'épouvante. Nettement, il perçut le bruit de sa fenêtre qui s'ouvrait. Nettement, à travers ses paupières closes, à travers l'ombre épaisse, il *vit* une forme qui avançait.

Et cette forme se pencha sur lui.

Il eut l'énergie incroyable de soulever ses paupières et de regarder... ou du moins il se l'imagina. Rêvait-il ? Etait-il éveillé ? Il se le demandait désespérément.

Un bruit encore... On prenait la boîte d'allumettes, à côté de lui.

« Je vais donc y voir », se dit-il avec une grande joie.

Une allumette craqua. La bougie fut allumée.

Des pieds à la tête, Lupin sentit la sueur qui coulait sur sa peau, en même temps que son cœur s'arrêtait de battre, suspendu d'effroi. *L'homme était là.*

Etait-ce possible ? Non, non... Et pourtant *il*

voyait... Oh ! le terrifiant spectacle !... L'homme, le monstre, était là.

« Je ne veux pas... je ne veux pas... » balbutia Lupin, affolé.

L'homme, le monstre était là, vêtu de noir, un masque sur le visage, le chapeau mou rabattu sur ses cheveux blonds.

« Oh ! je rêve... je rêve, dit Lupin en riant... c'est un cauchemar... »

De toute sa force, de toute sa volonté, il voulut faire un geste, un seul, qui chassât le fantôme.

Il ne le put pas.

Et tout à coup, il se souvint : la tasse de café ! le goût de ce breuvage... pareil au goût du café qu'il avait bu à Veldenz... Il poussa un cri, fit un dernier effort, et retomba, épuisé.

Mais, dans son délire, il sentait que l'homme dégageait le haut de sa chemise, mettait sa gorge à nu et levait le bras, et il vit que sa main se crispait au manche d'un poignard, un petit poignard d'acier, semblable à celui qui avait frappé M. Kesselbach, Chapman, Altenheim, et tant d'autres...

III

Quelques heures plus tard, Lupin s'éveilla, brisé de fatigue, la bouche amère.

Il resta plusieurs minutes à rassembler ses idées, et soudain, se rappelant, eut un mouvement de défense instinctif comme si on l'attaquait.

« Imbécile que je suis, s'écria-t-il en bondissant de son lit... C'est un cauchemar, une hallucination. Il suffit de réfléchir. Si c'était *lui, si vraiment* c'était un homme, en chair et en os, qui, cette nuit, a levé le bras sur moi, il m'aurait égorgé comme un poulet. *Celui-là* n'hésite pas. Soyons logique. Pourquoi m'aurait-il épargné ? Pour mes beaux yeux ? Non, j'ai rêvé, voilà tout... »

Il se mit à siffloter, et s'habilla, tout en affectant le plus grand calme, mais son esprit ne cessait pas de travailler, et ses yeux cherchaient...

Sur le parquet, sur le rebord de la croisée, aucune trace. Comme sa chambre se trouvait au rez-de-chaussée et qu'il dormait la fenêtre ouverte, il était évident que l'agresseur serait venu par là.

Or, il ne découvrit rien, et rien non plus au pied du mur extérieur, sur le sable de l'allée qui bordait le chalet.

« Pourtant... pourtant... », répétait-il entre ses dents.

Il appela Octave.

« Où as-tu préparé le café que tu m'as donné hier soir ?

— Au château, patron, comme tout le reste. Il n'y a pas de fourneau ici.

— Tu as bu de ce café ?

— Non.

— Tu as jeté ce qu'il y avait dans la cafetière ?

— Dame, oui, patron. Vous le trouviez si mauvais. Vous n'avez pu en boire que quelques gorgées.

— C'est bien. Apprête l'auto. Nous partons. »

Lupin n'était pas homme à rester dans le doute. Il voulait une explication décisive avec Dolorès. Mais, pour cela, il avait besoin, auparavant, d'éclaircir certains points qui lui semblaient obscurs, et de voir Doudeville qui lui avait envoyé de Veldenz des renseignements assez bizarres.

D'une traite, il se fit conduire au grand-duché qu'il atteignit vers deux heures. Il eut une entrevue avec le comte de Waldemar auquel il demanda, sous un prétexte quelconque, de retarder le voyage à Bruggen des délégués de la Régence. Puis il alla retrouver Jean Doudeville dans une taverne de Veldenz.

Doudeville le conduisit alors dans une autre taverne, où il lui présenta un petit monsieur assez pauvrement vêtu : Herr Stockli, employé aux archives de l'état civil.

La conversation fut longue. Ils sortirent ensemble, et tous les trois passèrent furtivement par les bureaux de la maison de ville. A sept heures, Lupin dînait et repartait. A dix heures, il arrivait au château de Bruggen et s'enquérait de Geneviève, afin de pénétrer avec elle dans la chambre de Mme Kesselbach.

On lui répondit que Mlle Ernemont avait été rappelée à Paris par une dépêche de sa grand-mère.

« Soit, dit-il, mais Mme Kesselbach est-elle visible ?

— Madame s'est retirée aussitôt après le dîner. Elle doit dormir.

— Non, j'ai aperçu de la lumière dans son boudoir. Elle me recevra. »

A peine d'ailleurs attendit-il la réponse de Mme Kesselbach. Il s'introduisit dans le boudoir presque à la suite de la servante, congédia celle-ci, et dit à Dolorès :

« J'ai à vous parler, madame, c'est urgent... Excusez-moi... J'avoue que ma démarche peut vous paraître importune... Mais vous comprendrez, j'en suis sûr... »

Il était très surexcité et ne semblait guère disposé à remettre l'explication, d'autant plus que, avant d'entrer, il avait cru percevoir du bruit.

Cependant, Dolorès était seule, étendue. Et elle lui dit, de sa voix lasse :

« Peut-être aurions-nous pu... demain. »

Il ne répondit pas, frappé soudain par une odeur qui l'étonnait dans ce boudoir de femme, une odeur de tabac. Et tout de suite, il eut l'intuition, la certitude qu'un homme se trouvait là, au moment où lui-même arrivait, et qu'il s'y trouvait encore, dissimulé quelque part...

Pierre Leduc ? Non, Pierre Leduc ne fumait pas. Alors ?

Dolorès murmura :

« Finissons-en, je vous en prie.

— Oui, oui, mais auparavant... vous serait-il possible de me dire ?... »

Il s'interrompit. A quoi bon l'interroger ? Si vraiment un homme se cachait, le dénoncerait-elle ?

Alors, il se décida, et, tâchant de dompter l'espèce de gêne peureuse qui l'opprimait à sentir une présence étrangère, il prononça tout bas, de façon à ce que, seule, Dolorès entendît :

« Ecoutez, j'ai appris une chose... que je ne comprends pas... et qui me trouble profondément. Il faut me répondre, n'est-ce pas, Dolorès ? »

Il dit ce nom avec une grande douceur et comme s'il essayait de la dominer par l'amitié et la tendresse de sa voix.

« Quelle est cette chose ? dit-elle.

— Le registre de l'état civil de Veldenz porte trois noms, qui sont les noms des derniers descendants de la famille Malreich, établie en Allemagne...

— Oui, vous m'avez raconté cela...

— Vous vous rappelez, c'est d'abord Raoul de Malreich, plus connu sous son nom de guerre, Altenheim, le bandit, l'apache du grand monde — aujourd'hui mort... assassiné.

— Oui.

— C'est ensuite Louis de Malreich, le monstre, celui-là, l'épouvantable assassin, qui, dans quelques jours, sera décapité.

— Oui.

— Puis, enfin, Isilda la folle...

— Oui.

— Tout cela est donc, n'est-ce pas, bien établi ?

— Oui.

— Eh bien, dit Lupin, en se penchant davantage sur elle, d'une enquête à laquelle je me suis livré tantôt, il résulte que le second des trois prénoms, Louis, ou plutôt la partie de ligne sur laquelle il est inscrit, a été autrefois l'objet d'un travail de grattage. La ligne est surchargée d'une écriture nouvelle tracée avec de l'encre beaucoup plus neuve, mais qui, cependant, n'a pas effacé entièrement ce qui était écrit par en dessous. De sorte que...

— De sorte que ?... dit Mme Kesselbach, à voix basse.

— De sorte que, avec une bonne loupe et surtout avec les procédés spéciaux dont je dispose, j'ai pu faire revivre certaines des syllabes effacées, et, sans erreur, en toute certitude, reconstituer l'ancienne écriture. Ce n'est pas alors Louis de Malreich que l'on trouve, c'est...

— Oh ! taisez-vous, taisez-vous... »

Subitement brisée par le trop long effort de résistance qu'elle opposait, elle s'était ployée en deux, et, la tête entre ses mains, les épaules secouées de convulsions, elle pleurait.

Lupin regarda longtemps cette créature de nonchalance et de faiblesse, si pitoyable, si désemparée. Et il eût voulu se taire, suspendre l'interrogatoire torturant qu'il lui infligeait.

Mais n'était-ce pas pour la sauver qu'il agissait ainsi ? Et, pour la sauver, ne fallait-il pas qu'il sût la vérité, si douloureuse qu'elle fût ?

Il reprit :

« Pourquoi ce faux ?

— C'est mon mari, balbutia-t-elle, c'est lui qui a fait cela. Avec sa fortune il pouvait tout, et, avant notre mariage, il a obtenu d'un employé subalterne que l'on changeât sur le registre le prénom du second enfant.

— Le prénom et le sexe, dit Lupin.

— Oui, fit-elle.

— Ainsi, reprit-il, je ne me suis pas trompé : l'ancien prénom, le véritable, c'était Dolorès ? Mais pourquoi votre mari... ? »

Elle murmura, les joues baignées de larmes, toute honteuse :

« Vous ne comprenez pas ?

— Non.

— Mais pensez donc, dit-elle en frissonnant, j'étais la sœur d'Isilda la folle, la sœur d'Altenheim le bandit. Mon mari, ou plutôt mon fiancé, n'a pas voulu que je reste cela. Il m'aimait. Moi aussi, je l'aimais, et j'ai consenti. Il a supprimé sur les registres Dolorès de Malreich, il m'a acheté d'autres papiers, une autre personnalité, un autre acte de naissance, et je me suis mariée en Hollande sous un autre nom de jeune fille, Dolorès Amonti. »

Lupin réfléchit un instant et prononça pensivement :

« Oui... oui... je comprends... Mais alors Louis de Malreich n'existe pas, et l'assassin de votre mari, l'assassin de votre sœur et de votre frère, ne s'appelle pas ainsi... Son nom... »

Elle se redressa et vivement :

« Son nom ! oui, il s'appelle ainsi... oui, c'est son nom tout de même... Louis de Malreich... L et M... Souvenez-vous... Ah ! ne cherchez pas... c'est le secret terrible... Et puis, qu'importe !... le coupable est là-bas... Il est le coupable... je vous le dis... Est-ce qu'il s'est défendu quand je l'ai accusé, face à face ? Est-ce qu'il pouvait se défendre, sous ce nom-là ou sous un autre ? C'est lui... c'est lui... il a tué... il a frappé... le poignard... le poignard d'acier... Ah ! si l'on pouvait tout dire !... Louis de Malreich... Si je pouvais... »

Elle se roulait sur la chaise longue, dans une crise nerveuse, et sa main s'était crispée à celle de Lupin, et il entendit qu'elle bégayait parmi des mots indistincts :

« Protégez-moi... protégez-moi... Vous seul peut-être... Ah ! ne m'abandonnez pas... je suis si malheureuse... Ah ! quelle torture... quelle torture !... c'est l'enfer. »

De sa main libre, il lui frôla les cheveux et le front avec une douceur infinie, et, sous la caresse, elle se détendit et s'apaisa peu à peu.

Alors, il la regarda de nouveau, et longtemps, longtemps, il se demanda ce qu'il pouvait y avoir derrière ce beau front pur, quel secret dévastait cette âme mystérieuse. Elle aussi avait peur. Mais de qui ? Contre qui suppliait-elle qu'on la protégeât ?

Encore une fois, il fut obsédé par l'image de l'homme noir, de ce Louis de Malreich, ennemi ténébreux et incompréhensible, dont il devait parer les attaques sans savoir d'où elles venaient, ni même si elles se produisaient.

Qu'il fût en prison, surveillé jour et nuit... la belle affaire ! Lupin ne savait-il pas par lui-même qu'il est des êtres pour qui la prison n'existe point, et qui se libèrent de leurs chaînes à la minute fatidique ? Et Louis de Malreich était de ceux-là.

Oui, il y avait quelqu'un en prison à la Santé, dans la cellule des condamnés à mort. Mais ce pouvait être un complice, ou telle victime de Malreich... tandis que lui, Malreich, rôdait autour du château de Bruggen, se glissait à la faveur de l'ombre, comme un fantôme invisible, pénétrait dans le chalet du parc, et, la nuit, levait son poignard sur Lupin, endormi et paralysé.

Et c'était Louis de Malreich qui terrorisait Dolorès, qui l'affolait de ses menaces, qui la tenait par quelque secret redoutable et la contraignait au silence et à la soumission.

Et Lupin imaginait le plan de l'ennemi : jeter Dolo-

rès effarée et tremblante entre les bras de Pierre
Leduc, le supprimer, lui, Lupin, et régner à sa place,
là-bas, avec le pouvoir du grand-duc et les millions de
Dolorès.

Hypothèse probable, hypothèse certaine, qui
s'adaptait aux événements et donnait une solution à
tous les problèmes.

« A tous ? objectait Lupin... Oui... Mais alors pourquoi ne m'a-t-il pas tué cette nuit dans le chalet ? Il
n'avait qu'à vouloir et *il n'a pas voulu*. Un geste, et
j'étais mort. Ce geste, il ne l'a pas fait. Pourquoi ? »

Dolorès ouvrit les yeux, l'aperçut, et sourit, d'un
pâle sourire.

« Laissez-moi », dit-elle.

Il se leva, avec une hésitation. Irait-il voir si l'ennemi
était derrière ce rideau, ou caché derrière les robes de
ce placard ?

Elle répéta doucement :

« Allez... je vais dormir... »

Il s'en alla.

Mais dehors, il s'arrêta sous des arbres qui faisaient
un massif d'ombre devant la façade du château. Il vit
de la lumière dans le boudoir de Dolorès. Puis cette
lumière passa dans la chambre. Au bout de quelques
minutes, ce fut l'obscurité.

Il attendit. Si l'ennemi était là, peut-être sortirait-il
du château ?

Une heure s'écoula... deux heures... Aucun bruit.

« Rien à faire, pensa Lupin. Ou bien il se terre en
quelque coin du château... ou bien il en est sorti par
une porte que je ne puis voir d'ici... A moins que tout
cela ne soit, de ma part, la plus absurde des hypo-
thèses... »

Il alluma une cigarette et s'en retourna vers le
chalet.

Comme il s'en approchait, il aperçut, d'assez loin
encore, une ombre qui paraissait s'en éloigner.

Il ne bougea point, de peur de donner l'alarme.

L'ombre traversa une allée. A la clarté de la lumière,

il lui sembla reconnaître la silhouette noire de Malreich.

Il s'élança.

L'ombre s'enfuit et disparut.

« Allons, se dit-il, ce sera pour demain. Et cette fois... »

IV

Lupin entra dans la chambre d'Octave, son chauffeur, le réveilla et lui ordonna :

« Prends l'auto. Tu seras à Paris à six heures du matin. Tu verras Jacques Doudeville, et tu lui diras : 1° de me donner des nouvelles du condamné à mort ; 2° de m'envoyer, dès l'ouverture des bureaux de poste, une dépêche ainsi conçue... »

Il libella la dépêche sur un bout de papier, et ajouta :

« Ta commission aussitôt faite, tu reviendras. mais par ici, en longeant les murs du parc. Va, il ne faut pas qu'on se doute de ton absence. »

Lupin gagna sa chambre, fit jouer le ressort de sa lanterne, et commença une inspection minutieuse.

« C'est bien cela, dit-il au bout d'un instant, on est venu cette nuit pendant que je faisais le guet sous la fenêtre. Et, si l'on est venu, je me doute de l'intention... Décidément, je ne me trompais pas... ça brûle... Cette fois, je puis être sûr de mon petit coup de poignard. »

Par prudence, il prit une couverture, choisit un endroit du parc bien isolé, et s'endormit à la belle étoile.

Vers onze heures du matin, Octave se présentait à lui.

« C'est fait, patron. Le télégramme est envoyé.

— Bien. Et Louis de Malreich, il est toujours en prison ?

— Toujours. Doudeville a passé devant sa cellule hier soir à la Santé. Le gardien en sortait. Ils ont causé. Malreich est toujours le même, paraît-il, muet comme une carpe. Il attend.

— Il attend quoi ?

— L'heure fatale, parbleu ! A la Préfecture, on dit que l'exécution aura lieu après-demain.

— Tant mieux, tant mieux, dit Lupin. Ce qu'il y a de plus clair, c'est qu'il ne s'est pas évadé. »

Il renonçait à comprendre et même à chercher le mot de l'énigme, tellement il sentait que la vérité entière allait lui être révélée. Il n'avait plus qu'à préparer son plan, afin que l'ennemi tombât dans le piège.

« Ou que j'y tombe moi-même », pensa-t-il en riant.

Il était très gai, très libre d'esprit, et jamais bataille ne s'annonça pour lui avec des chances meilleures.

Du château, un domestique lui apporta la dépêche qu'il avait dit à Doudeville de lui envoyer et que le facteur venait de déposer. Il l'ouvrit et la mit dans sa poche.

Un peu avant midi, il rencontra Pierre Leduc dans une allée, et, sans préambule :

« Je te cherchais... il y a des choses graves... Il faut que tu me répondes franchement. Depuis que tu es dans ce château, as-tu jamais aperçu un autre homme que les domestiques allemands que j'y ai placés ?

— Non.

— Réfléchis bien. Il ne s'agit pas d'un visiteur quelconque. Je parle d'un homme qui se cacherait, dont tu aurais constaté la présence, moins que cela, dont tu aurais soupçonné la présence, sur un indice, sur une impression ?

— Non... Est-ce que vous auriez ?...

— Oui. Quelqu'un se cache ici... quelqu'un rôde par là... Où ? Et qui ? Et dans quel but ? Je ne sais pas... mais je saurai. J'ai déjà des présomptions. De ton côté, ouvre l'œil... veille... et surtout, pas un mot à Mme Kesselbach... Inutile de l'inquiéter... »

Il s'en alla.

Pierre Leduc, interdit, bouleversé, reprit le chemin du château.

En route, sur la pelouse, il vit un papier bleu. Il le ramassa. C'était une dépêche, non point chiffonnée

comme un papier que l'on jette, mais pliée avec soin —
visiblement perdue.

Elle était adressée à M. Meauny, nom que portait
Lupin à Bruggen. Et elle contenait ces mots :

« *Connaissons toute la vérité. Révélations imposs-*
ibles par lettre. Prendrai train ce soir. Rendez-vous
demain matin huit heures gare Bruggen. »

« Parfait ! se dit Lupin, qui, d'un taillis proche, surveillait le manège de Pierre Leduc... parfait ! D'ici
deux minutes, ce jeune idiot aura montré le télégramme à Dolorès, et lui aura fait part de toutes mes
appréhensions. Ils en parleront toute la journée, et
l'*autre* entendra, l'*autre* saura, puisqu'il sait tout,
puisqu'il vit dans l'ombre même de Dolorès, et que
Dolorès est entre ses mains comme une proie fasci-
née... Et ce soir il agira par peur du secret qu'on doit
me révéler... »

Il s'éloigna en chantonnant.

« Ce soir... ce soir... on dansera... Ce soir... Quelle
valse, mes amis ! La valse du sang, sur l'air du petit
poignard nickelé... Enfin ! nous allons rire. »

A la porte du pavillon, il appela Octave, monta dans
sa chambre, se jeta sur son lit et dit au chauffeur :

« Prends ce siège, Octave, et ne dors pas. Ton maître
va se reposer. Veille sur lui, serviteur fidèle. »

Il dormit d'un bon sommeil.

« Comme Napoléon au matin d'Austerlitz », dit-il
en s'éveillant.

C'était l'heure du dîner. Il mangea copieusement,
puis, tout en fumant une cigarette, il visita ses armes,
changea les balles de ses deux revolvers.

« — La poudre sèche et l'épée aiguisée », comme dit
mon copain le Kaiser... Octave ! »

Octave accourut.

« Va dîner au château avec les domestiques.
Annonce que tu vas cette nuit à Paris, en auto.

— Avec vous, patron ?

— Non, seul. Et sitôt le repas fini, tu partiras en
effet ostensiblement.

— Mais je n'irai pas à Paris ?

— Non, tu attendras hors du parc, sur la route, à un kilomètre de distance... jusqu'à ce que je vienne. Ce sera long. »

Il fuma une autre cigarette, se promena, passa devant le château, aperçut de la lumière dans les appartements de Dolorès, puis revint au chalet.

Là, il prit un livre. C'était la *Vie des hommes illustres.*

« Il en manque une et la plus illustre, dit-il. Mais l'avenir est là, qui remettra les choses en leur place. Et j'aurai mon Plutarque un jour ou l'autre. »

Il lut la *Vie de César*, et nota quelques réflexions en marge.

A onze heures et demie, il montait.

Par la fenêtre ouverte, il se pencha vers la vaste nuit, claire et sonore, toute frémissante de bruits indistincts. Des souvenirs lui vinrent aux lèvres, souvenirs de phrases d'amour qu'il avait lues ou prononcées, et il dit plusieurs fois le nom de Dolorès, avec une ferveur d'adolescent qui ose à peine confier au silence le nom de sa bien-aimée.

« Allons, dit-il, préparons-nous. »

Il laissa la fenêtre entrebâillée, écarta un guéridon qui barrait le passage, et engagea ses armes sous son oreiller. Puis, paisiblement, sans la moindre émotion, il se mit au lit, tout habillé, et souffla sa bougie.

Et la peur commença.

Ce fut immédiat. Dès que l'ombre l'eut enveloppé, la peur commença !

« Nom de D... ! » s'écria-t-il.

Il sauta du lit, prit ses armes et les jeta dans le couloir.

« Mes mains, mes mains seules ! Rien ne vaut l'étreinte de mes mains ! »

Il se coucha. L'ombre et le silence, de nouveau. Et de nouveau, la peur, la peur sournoise, lancinante, envahissante...

A l'horloge du village, douze coups...

Lupin songeait à l'être immonde qui, là-bas, à cent

mètres, à cinquante mètres de lui, se préparait, essayait la pointe aiguë de son poignard...

« Qu'il vienne !... Qu'il vienne ! murmura-t-il, tout frissonnant... et les fantômes se dissiperont... »

Une heure, au village.

Et des minutes, des minutes interminables, minutes de fièvre et d'angoisse... Des gouttes perlaient à la racine de ses cheveux et coulaient sur son front, et il lui semblait que c'était une sueur de sang qui le baignait tout entier...

Deux heures...

Et voilà que, quelque part, tout près, un bruit imperceptible frissonna, un bruit de feuilles remuées... qui n'était point le bruit des feuilles que remue le souffle de la nuit...

Comme Lupin l'avait prévu, ce fut en lui, instantanément, le calme immense. Toute sa nature de grand aventurier tressaillit de joie. C'était la lutte, enfin !

Un autre bruit grinça, plus net, sous la fenêtre, mais si faible encore qu'il fallait l'oreille exercée de Lupin pour le percevoir.

Des minutes, des minutes effrayantes... L'ombre était impénétrable. Aucune clarté d'étoile ou de lune ne l'allégeait.

Et, tout à coup, sans qu'il eût rien entendu, il sut que l'homme était dans la chambre.

Et l'homme marchait vers le lit. Il marchait comme un fantôme marche, sans déplacer l'air de la chambre et sans ébranler les objets qu'il touchait.

Mais, de tout son instinct, de toute sa puissance nerveuse, Lupin voyait les gestes de l'ennemi et devinait la succession même de ses idées.

Lui, il ne bougeait pas, arc-bouté contre le mur, et presque à genoux, tout prêt à bondir.

Il sentit que l'ombre effleurait, palpait les draps du lit, pour se rendre compte de l'endroit où il allait frapper. Lupin entendit sa respiration. Il crut même entendre les battements de son cœur. Et il constata avec orgueil que son cœur à lui ne battait pas plus fort...

tandis que le cœur de l'autre... Oh ! oui, comme il l'entendait, ce cœur désordonné, fou, qui se heurtait, comme le battant d'une cloche, aux parois de la poitrine.

La main de l'*autre* se leva...

Une seconde, deux secondes...

Est-ce qu'il hésitait ? Allait-il encore épargner son adversaire ?

Et Lupin prononça dans le grand silence

« Mais frappe donc ! frappe ! »

Un cri de rage... Le bras s'abattit comme un ressort. Puis un gémissement.

Ce bras, Lupin l'avait saisi au vol, à la hauteur du poignet... Et, se ruant hors du lit, formidable, irrésistible, il agrippait l'homme à la gorge et le renversait.

Ce fut tout. Il n'y eut pas de lutte. Il ne pouvait même pas y avoir de lutte. L'homme était à terre, cloué, rivé par deux rivets d'acier, les mains de Lupin. Et il n'y avait pas d'homme au monde, si fort qu'il fût, qui pût se dégager de cette étreinte.

Et pas un mot ! Lupin ne prononça aucune de ces paroles où s'amusait d'ordinaire sa verve gouailleuse. Il n'avait pas envie de parler. L'instant était trop solennel.

Nulle joie vaine ne l'émouvait, nulle exaltation victorieuse. Au fond il n'avait qu'une hâte, savoir qui était là... Louis de Malreich, le condamné à mort ? Un autre ? Qui ?

Au risque d'étrangler l'homme, il lui serra la gorge un peu plus, et un peu plus, et un peu plus encore.

Et il sentit que toute la force de l'ennemi, que tout ce qui lui restait de force l'abandonnait. Les muscles du bras se détendirent, devinrent inertes. La main s'ouvrit et lâcha le poignard.

Alors, libre de ses gestes, la vie de l'adversaire suspendue à l'effroyable étau de ses doigts, il prit sa lanterne de poche, posa sans l'appuyer son index sur le ressort, et l'approcha de la figure de l'homme.

Il n'avait plus qu'à pousser le ressort, qu'à vouloir, et il saurait.

Une seconde, il savoura sa puissance. Un flot d'émotion le souleva. La vision de son triomphe l'éblouit. Une fois de plus, et superbement, héroïquement, il était le Maître.

D'un coup sec il fit la clarté. Le visage du monstre apparut.

Lupin poussa un hurlement d'épouvante.

Dolorès Kesselbach !

LA TUEUSE

I

Ce fut, dans le cerveau de Lupin, comme un ouragan, un cyclone, où les fracas du tonnerre, les bourrasques de vent, des rafales d'éléments éperdus se déchaînèrent tumultueusement dans une nuit de chaos.

Et de grands éclairs fouettaient l'ombre. Et à la lueur fulgurante de ces éclairs, Lupin effaré, secoué de frissons, convulsé d'horreur, Lupin voyait et tâchait de comprendre.

Il ne bougeait pas, cramponné à la gorge de l'ennemi, comme si ses doigts raidis ne pouvaient plus desserrer leur étreinte. D'ailleurs, bien qu'il *sût* maintenant, il n'avait pour ainsi dire pas l'impression exacte que ce fût Dolorès. C'était encore l'homme noir, Louis de Malreich, la bête immonde des ténèbres ; et cette bête il la tenait, et il ne la lâcherait pas.

Mais la vérité se ruait à l'assaut de son esprit et de sa conscience, et, vaincu, torturé d'angoisse, il murmura :

« Oh ! Dolorès... Dolorès... »

Tout de suite, il vit l'excuse : la folie. Elle était folle. La sœur d'Altenheim, d'Isilda, la fille des derniers Malreich, de la mère démente et du père ivrogne, elle-même était folle. Folle étrange, folle avec toute l'apparence de la raison, mais folle cependant, déséquilibrée, malade, hors nature, vraiment monstrueuse.

En toute certitude il comprit cela ! C'était la folie du crime. Sous l'obsession d'un but vers lequel elle marchait automatiquement, elle tuait, avide de sang, inconsciente et infernale.

Elle tuait parce qu'elle voulait quelque chose, elle tuait pour se défendre, elle tuait pour cacher qu'elle avait tué. Mais elle tuait aussi, et surtout, pour tuer. Le meurtrier satisfaisait en elle des appétits soudains et irrésistibles. A certaines secondes de sa vie, dans certaines circonstances, en face de tel être, devenu subitement l'adversaire, il fallait que son bras frappât.

Et elle frappait, ivre de rage, férocement, frénétiquement.

Folle étrange, irresponsable de ses meurtres, et cependant si lucide en son aveuglement ! si logique dans son désordre ! si intelligente dans son absurdité ! Quelle adresse ! Quelle persévérance ! Quelles combinaisons à la fois détestables et admirables !

Et Lupin, en une vision rapide, avec une acuité prodigieuse de regard, voyait la longue série des aventures sanglantes, et devinait les chemins mystérieux que Dolorès avait suivis.

Il la voyait, obsédée et possédée par le projet de son mari, projet qu'elle ne devait évidemment connaître qu'en partie. Il la voyait cherchant, elle aussi, ce Pierre Leduc que son mari poursuivait, et le cherchant pour l'épouser et pour retourner, reine, en ce petit royaume de Veldenz d'où ses parents avaient été ignominieusement chassés.

Et il la voyait au Palace-Hôtel, dans la chambre de son frère Altenheim, alors qu'on la supposait à Monte-Carlo. Il la voyait, durant des jours, qui épiait son mari, frôlant les murs, mêlée aux ténèbres, indistincte et inaperçue en son déguisement d'ombre.

Et une nuit elle trouvait M. Kesselbach enchaîné, et elle frappait.

Et le matin, sur le point d'être dénoncée par le valet de chambre, elle frappait.

Et une heure plus tard, sur le point d'être dénoncée par Chapman, elle l'entraînait dans la chambre de son frère, et le frappait.

Tout cela sans pitié, sauvagement, avec une habileté diabolique.

Et avec la même habileté, elle communiquait par téléphone avec ses deux femmes de chambre, Gertrude et Suzanne, qui, toutes deux, venaient d'arriver de Monte-Carlo, où l'une d'elles avait tenu le rôle de sa maîtresse. Et Dolorès, reprenant ses vêtements féminins, rejetant la perruque blonde qui la rendait méconnaissable, descendait au rez-de-chaussée, rejoignait Gertrude au moment où celle-ci pénétrait dans l'hôtel, et elle affectait d'arriver elle aussi, ignorante encore du malheur qui l'attendait.

Comédienne incomparable, elle jouait l'épouse dont l'existence est brisée. On la plaignait. On pleurait sur elle. Qui l'eût soupçonnée ?

Et alors commençait la guerre avec lui, Lupin, cette guerre barbare, cette guerre inouïe qu'elle soutint tour à tour contre M. Lenormand et contre le prince Sernine, la journée sur sa chaise longue, malade et défaillante, mais la nuit, debout, courant par les chemins, infatigable et terrifiante.

Et c'étaient les combinaisons infernales, Gertrude et Suzanne, complices épouvantées et domptées, l'une et l'autre lui servant d'émissaires, se déguisant comme elle peut-être, ainsi que le jour où le vieux Steinweg avait été enlevé par le baron Altenheim, en plein Palais de justice.

Et c'était la série des crimes. C'était Gourel noyé. C'était Altenheim, son frère, poignardé. Oh ! la lutte implacable dans les souterrains de la villa des Glycines, le travail invisible du monstre dans l'obscurité, comme tout cela apparaissait clairement aujourd'hui !

Et c'était elle qui lui enlevait son masque de prince, elle qui le dénonçait, elle qui le jetait en prison, elle qui déjouait tous ses plans, dépensant des millions pour gagner la bataille.

Et puis les événements se précipitaient. Suzanne et Gertrude disparues, mortes sans doute ! Steinweg, assassiné ! Isilda, la sœur, assassinée !

« Oh ! l'ignominie, l'horreur ! » balbutia Lupin, en un sursaut de répugnance et de haine.

Il l'exécrait, l'abominable créature. Il eût voulu l'écraser, la détruire. Et c'était une chose stupéfiante que ces deux êtres accrochés l'un à l'autre, gisant immobiles dans la pâleur de l'aube qui commençait à se mêler aux ombres de la nuit.

« Dolorès... Dolorès... », murmura-t-il avec désespoir.

Il bondit en arrière, pantelant de terreur, les yeux hagards. Quoi ? Qu'y avait-il ? Qu'était-ce que cette ignoble impression de froid qui glaçait ses mains ?

« Octave ! Octave ! » cria-t-il, sans se rappeler l'absence du chauffeur.

Du secours ! Il lui fallait du secours ! Quelqu'un qui le rassurât et l'assistât. Il grelottait de peur. Oh ! ce froid, ce froid de la mort qu'il avait senti. Etait-ce possible ?... Alors, pendant ces quelques minutes tragiques, il avait, de ses doigts crispés...

Violemment, il se contraignit à regarder. Dolorès ne bougeait pas.

Il se précipita à genoux et l'attira contre lui.

Elle était morte.

Il resta quelques instants dans un engourdissement où sa douleur paraissait se dissoudre. Il ne souffrait plus. Il n'avait plus ni fureur, ni haine, ni sentiment d'aucune espèce... rien qu'un abattement stupide, la sensation d'un homme qui a reçu un coup de massue, et qui ne sait s'il vit encore, s'il pense, ou s'il n'est pas le jouet d'un cauchemar.

Cependant il lui semblait que quelque chose de juste venait de se passer, et il n'eut pas une seconde l'idée que c'était lui qui avait tué. Non, ce n'était pas lui. C'était en dehors de lui et de sa volonté. C'était le destin, l'inflexible destin qui avait accompli l'œuvre d'équité en supprimant la bête nuisible.

Dehors, des oiseaux chantèrent. La vie s'animait sous les vieux arbres que le printemps s'apprêtait à fleurir. Et Lupin, s'éveillant de sa torpeur, sentit peu à peu sourdre en lui une indéfinissable et absurde compassion pour la misérable femme — odieuse certes, abjecte et vingt fois criminelle, mais si jeune encore et qui n'était plus.

Et il songea aux tortures qu'elle avait dû subir en ses moments de lucidité, lorsque, la raison lui revenant, l'innommable folle avait la vision sinistre de ses actes.

« Protégez-moi...   je   suis   si   malheureuse ! » suppliait- elle.

C'était contre elle-même qu'elle demandait qu'on la protégeât, contre ses instincts de fauve, contre le monstre qui habitait en elle et qui la forçait à tuer, à toujours tuer.

« Toujours ? » se dit Lupin.

Et il se rappelait le soir de l'avant-veille où, dressée au-dessus de lui, le poignard levé sur l'ennemi qui, depuis des mois, la harcelait, sur l'ennemi infatigable qui l'avait acculée à tous les forfaits, il se rappelait que, ce soir-là, elle n'avait pas tué. C'était facile cependant : l'ennemi gisait inerte et impuissant. D'un coup, la lutte implacable se terminait. Non, elle n'avait pas tué, soumise, elle aussi, à des sentiments plus forts que sa cruauté, à des sentiments obscurs de sympathie et d'admiration pour celui qui l'avait si souvent dominée.

Non, elle n'avait pas tué, cette fois-là. Et voici que, par un retour vraiment effarant du destin, voici que c'était lui qui la tuait.

« J'ai tué, pensait-il en frémissant des pieds à la tête ; mes mains ont supprimé un être vivant, et cet être, c'est Dolorès !... Dolorès... Dolorès... »

Il ne cessait de répéter son nom, son nom de douleur, et il ne cessait de la regarder, triste chose inanimée, inoffensive maintenant, pauvre loque de chair, sans plus de conscience qu'un petit tas de feuilles, ou qu'un petit oiseau égorgé au bord de la route.

Oh ! comment aurait-il pu ne point tressaillir de compassion, puisque, l'un en face de l'autre, il était le meurtrier, lui, et qu'elle n'était plus, elle, que la victime ?

« Dolorès... Dolorès... Dolorès... »

Le grand jour le surprit, assis près de la morte, se souvenant et songeant, tandis que ses lèvres articulaient, de temps à autre, les syllabes désolées... Dolorès... Dolorès...

Il fallait agir pourtant, et, dans la débâcle de ses idées, il ne savait plus en quel sens il fallait agir, ni par quel acte commencer.

« Fermons-lui les yeux, d'abord », se dit-il.

Tout vides, emplis de néant, ils avaient encore, les beaux yeux dorés, cette douceur mélancolique qui leur donnait tant de charme. Etait-ce possible que ces yeux-là eussent été les yeux du monstre ? Malgré lui, et en face même de l'implacable réalité, Lupin ne pouvait encore confondre en un seul personnage ces deux êtres dont les images étaient si distinctes au fond de sa pensée.

Rapidement il s'inclina vers elle, baissa les longues paupières soyeuses, et recouvrit d'un voile la pauvre figure convulsée.

Alors il lui sembla que Dolorès devenait plus lointaine, et que l'homme noir, cette fois, était bien là, à côté de lui, en ses habits sombres, en son déguisement d'assassin.

Il osa le toucher, et palpa ses vêtements.

Dans une poche intérieure, il y avait deux portefeuilles. Il prit l'un d'eux et l'ouvrit.

Il trouva d'abord une lettre signée de Steinweg, le vieil Allemand.

Elle contenait ces lignes :

« Si je meurs avant d'avoir pu révéler le terrible secret, que l'on sache ceci : l'assassin de mon ami Kesselbach est sa femme, de son vrai nom Dolorès de Malreich, sœur d'Altenheim et sœur d'Isilda.

« Les initales L et M se rapportent à elle. Jamais, dans l'intimité, Kesselbach n'appelait sa femme *Dolorès* qui est un nom de douleur et de deuil, mais Loetitia, qui veut dire joie. L et M — *Loetitia* de Malreich — telles étaient les initiales inscrites sur tous les cadeaux qu'il lui donnait, par exemple sur le porte-cigarettes trouvé au Palace-Hôtel, et qui appartenait à Mme Kesselbach. Elle avait contracté, en voyage, l'habitude de fumer.

« Loetitia ! elle fut bien en effet sa joie pendant quatre ans, quatre ans de mensonges et d'hypocrisie, où elle préparait la mort de celui qui l'aimait avec tant de bonté et de confiance.

« Peut-être aurais-je dû parler tout de suite. Je n'en ai pas eu le courage, en souvenir de mon vieil ami Kesselbach, dont elle portait le nom.

« Et puis j'avais peur... Le jour où je l'ai démasquée, au Palais de justice, j'avais lu dans ses yeux mon arrêt de mort.

Ma faiblesse me sauvera-t-elle ? »

« Lui aussi, pensa Lupin, lui aussi, elle l'a tué !... Eh parbleu, il savait trop de choses !... les initiales... ce nom de Loetitia... l'habitude secrète de fumer... »

Et il se rappela la nuit dernière, cette odeur de tabac dans la chambre.

Il continua l'inspection du premier portefeuille.

Il y avait des bouts de lettre, en langage chiffré, remis sans doute à Dolorès par ses complices, au cours de leurs ténébreuses rencontres...

Il y avait aussi des adresses sur des morceaux de papier, adresses de couturières ou de modistes, mais adresses de bouges aussi, et d'hôtels borgnes... Et des noms aussi... vingt, trente noms, des noms bizarres, Hector le Boucher, Armand de Grenelle, le Malade...

Mais une photographie attira l'attention de Lupin. Il la regarda. Et tout de suite, comme mû par un ressort, lâchant le portefeuille, il se rua hors de la chambre, hors du pavillon, et s'élança dans le parc.

Il avait reconnu le portrait de Louis de Malreich, prisonnier à la Santé.

Et seulement alors, seulement à cette minute précise, il se souvenait : l'exécution devait avoir lieu le lendemain.

Et puisque l'homme noir, puisque l'assassin n'était

autre que Dolorès, Louis de Malreich s'appelait bien réellement Léon Massier, et il était innocent.

Innocent ? Mais les preuves trouvées chez lui, les lettres de l'Empereur, et tout, tout ce qui l'accusait indéniablement, toutes ces preuves irréfragables ?

Lupin s'arrêta une seconde, la tête en feu.

« Oh ! s'écria-t-il, je deviens fou, moi aussi. Voyons, pourtant, il faut agir... c'est demain qu'on l'exécute... demain... demain au petit jour... »

Il tira sa montre.

« Dix heures... Combien de temps me faut-il pour être à Paris ? Voilà... j'y serai tantôt... oui, tantôt j'y serai, il le faut... Et, dès ce soir, je prends les mesures pour empêcher... Mais quelles mesures ? Comment prouver l'innocence ?... Comment empêcher l'exécution ? Eh ! qu'importe !... Je verrai bien une fois là-bas. Est-ce que je ne m'appelle pas Lupin ?... Allons toujours... »

Il repartit en courant, entra dans le château, et appela :

« Pierre ! Vous avez vu M. Pierre Leduc ? Ah ! te voilà... Ecoute... »

Il l'entraîna à l'écart, et d'une voix saccadée, impérieuse :

« Ecoute, Dolorès n'est plus là... Oui, un voyage urgent... elle s'est mise en route cette nuit dans mon auto... Moi, je pars aussi... Tais-toi donc ! Pas un mot... une seconde perdue, c'est irréparable. Toi, tu vas renvoyer tous les domestiques, sans explication. Voilà de l'argent. D'ici une demi-heure, il faut que le château soit vide. Et que personne n'y rentre jusqu'à mon retour !... Toi non plus, tu entends... je t'interdis d'y rentrer... je t'expliquerai cela... des raisons graves. Tiens, emporte la clef... tu m'attendras au village... »

Et de nouveau il s'élança.

Dix minutes après, il retrouvait Octave.

Il sauta dans son auto.

« Paris », dit-il.

Le voyage fut une véritable course à la mort.

Lupin, jugeant qu'Octave ne conduisait pas assez vite, avait pris le volant, et c'était une allure désordonnée, vertigineuse. Sur les routes, à travers les villages, dans les rues populeuses des villes, ils marchèrent à cent kilomètres à l'heure. Des gens frôlés hurlaient de rage : le bolide était loin... il avait disparu.

« Patron, balbutiait Octave, livide, nous allons y rester.

— Toi peut-être, l'auto peut-être, mais moi j'arriverai », disait Lupin.

Il avait la sensation que ce n'était pas la voiture qui le transportait, mais lui qui transportait la voiture, et qu'il trouait l'espace par ses propres forces, par sa propre volonté. Alors, quel miracle aurait pu faire qu'il n'arrivât point, puisque ses forces étaient inépuisables, et que sa volonté n'avait pas de limites ?

« J'arriverai parce qu'il faut que j'arrive », répétait-il.

Et il songeait à l'homme qui allait mourir s'il n'arrivait pas à temps pour le sauver, au mystérieux Louis de Malreich, si déconcertant avec son silence obstiné et son visage hermétique. Et dans le tumulte de la route, sous les arbres dont les branches faisaient un bruit de vagues furieuses, parmi le bourdonnement de ses idées, tout de même Lupin s'efforçait d'établir une hypothèse. Et l'hypothèse se précisait peu à peu, logique, invraisemblable, certaine, se disait-il, maintenant qu'il connaissait l'affreuse vérité sur Dolorès, et qu'il entrevoyait toutes les ressources et tous les desseins odieux de cet esprit détraqué.

« Eh oui, c'est elle qui a préparé contre Malreich la plus épouvantable des machinations. Que voulait-elle ? Epouser Pierre Leduc dont elle s'était fait aimer, et devenir la souveraine du petit royaume d'où elle avait été bannie. Le but était accessible, à la portée de sa main. Un seul obstacle... moi, moi, qui depuis des semaines et des semaines, inlassablement, lui barrais la route ; moi qu'elle retrouvait après chaque crime, moi dont elle redoutait la clairvoyance, moi qui ne désarmerais pas avant d'avoir découvert le coupable et d'avoir retrouvé les lettres volées à l'Empereur...

« Eh bien, puisqu'il me fallait un coupable, le coupable ce serait Louis de Malreich ou plutôt Léon Massier. Qu'est-ce que ce Léon Massier ? L'a-t-elle connu avant son mariage ? L'a-t-elle aimé ? C'est probable, mais sans doute ne le saura-t-on jamais. Ce qui est certain, c'est qu'elle aura été frappée par la ressemblance de taille et d'allure qu'elle-même pouvait obtenir avec Léon Massier, en s'habillant comme lui de vêtements noirs, et en s'affublant d'une perruque blonde. C'est qu'elle aura observé la vie bizarre de cet homme solitaire, ses courses nocturnes, sa façon de marcher dans les rues, et de dépister ceux qui pourraient le suivre. Et c'est en conséquence de ces remarques, et en prévision d'une éventualité possible, qu'elle aura conseillé à M. Kesselbach de gratter sur les registres de l'état civil le nom de Dolorès et de le remplacer par le nom de Louis, afin que les initiales fussent justement celles de Léon Massier.

« Le moment vient d'agir, et voilà qu'elle ourdit son complot, et voilà qu'elle l'exécute. Léon Massier habite la rue Delaizement ? Elle ordonne à ses complices de s'établir dans la rue parallèle. Et c'est elle-même qui m'indique l'adresse du maître d'hôtel Dominique et me met sur la piste des sept bandits, sachant parfaitement que, une fois sur la piste, j'irai jusqu'au bout, c'est-à-dire au-delà des sept bandits, jusqu'à leur chef, jusqu'à l'individu qui les surveille et

les dirige, jusqu'à l'homme noir, jusqu'à Léon Massier,
jusqu'à Louis de Malreich.

« Et de fait, j'arrive d'abord aux sept bandits. Et
alors, que se passera-t-il ? Ou bien je serai vaincu, ou
bien nous nous détruirons tous les uns les autres,
comme elle a dû l'espérer le soir de la rue des Vignes.
Et, dans ces deux cas, Dolorès est débarrassée de moi.

« Mais il advient ceci : c'est moi qui capture les sept
bandits. Dolorès s'enfuit de la rue des Vignes. Je la
retrouve dans la remise du Brocanteur. Elle me dirige
vers Léon Massier, c'est-à-dire vers Louis de Malreich.
Je découvre auprès de lui les lettres de l'Empereur,
qu'elle-même y a placées, et je le livre à la justice, et je
dénonce la communication secrète *qu'elle-même a fait
ouvrir* entre les deux remises, et je donne toutes les
preuves *qu'elle-même a préparées*, et je montre par des
documents, *qu'elle-même a maquillés*, que Léon Massier a volé l'état civil de Léon Massier, et qu'il s'appelle
réellement Louis de Malreich.

« Et Louis de Malreich mourra.

« Et Dolorès de Malreich, triomphante, enfin, à
l'abri de tout soupçon, puisque le coupable est découvert, affranchie de son passé d'infamies et de crimes,
son mari mort, son frère mort, sa sœur morte, ses deux
servantes mortes, Steinweg mort, délivrée par moi de
ses complices, que je jette tout ficelés entre les mains
de Weber ; délivrée d'elle-même enfin par moi, qui fais
monter à l'échafaud l'innocent qu'elle substitue à elle-
même, Dolorès victorieuse, riche à millions, aimée de
Pierre Leduc, Dolorès sera reine. »

« Ah ! s'écria Lupin hors de lui, cet homme ne
mourra pas. Je le jure sur ma tête, il ne mourra pas.

— Attention, patron, dit Octave, effaré, nous
approchons... C'est la banlieue... les faubourgs...

— Qu'est-ce que tu veux que ça me fasse ?

— Mais nous allons culbuter... Et puis les pavés
glissent... on dérape...

— Tant pis.

— Attention... Là-bas...

— Quoi ?

— Un tramway, au virage...

— Qu'il s'arrête !

— Ralentissez, patron.

— Jamais !

— Mais nous sommes fichus...

— On passera.

— On ne passera pas.

— Si.

— Ah ! nom d'un chien... »

Un fracas... des exclamations... La voiture avait accroché le tramway, puis, repoussée contre une palissade, avait démoli dix mètres de planches, et, finalement, s'était écrasée contre l'angle d'un talus.

« Chauffeur, vous êtes libre ? »

C'était Lupin, aplati sur l'herbe du talus, qui hélait un taxi-auto.

Il se releva, vit sa voiture brisée, des gens qui s'empressaient autour d'Octave et sauta dans l'auto de louage.

« Au ministère de l'Intérieur, place Beauvau... Vingt francs de pourboire... »

Et s'installant au fond du fiacre, il reprit :

« Ah ! non, *il* ne mourra pas ! non, mille fois non, je n'aurai pas ça sur la conscience ! C'est assez d'avoir été le jouet de cette femme et d'être tombé dans le panneau comme un collégien... Halte-là ! Plus de gaffes ! J'ai fait prendre ce malheureux... Je l'ai fait condamner à mort... je l'ai mené au pied même de l'échafaud... Mais il n'y montera pas !... Ça, non ! S'il y montait, je n'aurais plus qu'à me fiche une balle dans la tête ! »

On approchait de la barrière. Il se pencha :

« Vingt francs de plus, chauffeur, si tu ne t'arrêtes pas. »

Et il cria devant l'octroi :

« Service de la Sûreté ! »

On passa.

« Mais ne ralentis pas, crebleu ! hurla Lupin... Plus vite !... Encore plus vite ! Tu as peur d'écharper les vieilles femmes ? Ecrase-les donc. Je paie les frais. »

En quelques minutes, ils arrivaient au ministère de la place Beauvau.

Lupin franchit la cour en hâte et monta les marches de l'escalier d'honneur. L'antichambre était pleine de monde. Il inscrivit sur une feuille de papier : « Prince Sernine », et, poussant un huissier dans un coin, il lui dit :

« C'est moi, Lupin. Tu me reconnais, n'est-ce pas ? Je t'ai procuré cette place, une bonne retraite, hein ? Seulement, tu vas m'introduire tout de suite. Va, passe mon nom. Je ne te demande que ça. Le président te remerciera, tu peux en être sûr... Moi aussi... Mais marche donc, idiot ! Valenglay m'attend... »

Dix secondes après, Valenglay lui-même passait la tête au seuil de son bureau et prononçait :

« Faites entrer "le prince". »

Lupin se précipita, ferma vivement la porte, et, coupant la parole au président :

« Non, pas de phrases, vous ne pouvez pas m'arrêter... Ce serait vous perdre et compromettre l'Empereur... Non... il ne s'agit pas de ça. Voilà. Malreich est innocent. J'ai découvert le vrai coupable... C'est Dolorès Kesselbach. Elle est morte. Son cadavre est là-bas. J'ai des preuves irrécusables. Le doute n'est pas possible. C'est elle... »

Il s'interrompit. Valenglay ne paraissait pas comprendre.

« Mais, voyons, monsieur le président, il faut sauver Malreich... Pensez donc... une erreur judiciaire !... la tête d'un innocent qui tombe !... Donnez des ordres... un supplément d'information... est-ce que je sais ?... Mais vite, le temps presse. »

Valenglay le regarda attentivement, puis s'approcha d'une table, prit un journal et le lui tendit, en soulignant du doigt un article.

Lupin jeta les yeux sur le titre et lut :

L'exécution du monstre. Ce matin, Louis de Malreich a subi le dernier supplice...

Il n'acheva pas. Assommé, anéanti, il s'écroula dans un fauteuil avec un gémissement de désespoir.

Combien de temps resta-t-il ainsi ? Quand il se retrouva dehors, il n'en aurait su rien dire. Il se souvenait d'un grand silence, puis il revoyait Valenglay incliné sur lui et l'aspergeant d'eau froide, et il se rappelait Surtout la voix sourde du président qui chuchotait :

« Ecoutez... il ne faut rien dire de cela, n'est-ce pas ? Innocent, ça se peut, je ne dis pas le contraire... Mais à quoi bon des révélations ? un scandale ? Une erreur judiciaire peut avoir de grosses conséquences. Est-ce bien la peine ? Une réhabilitation ? Pour quoi faire ? Il n'a même pas été condamné sous son nom. C'est le nom de Malreich qui est voué à l'exécration publique... précisément le nom de la coupable... Alors ? »

Et, poussant peu à peu Lupin vers la porte, il lui avait dit :

« Allez... Retournez là-bas... Faites disparaître le cadavre... Et qu'il n'y ait pas de traces, hein ? pas la moindre trace de toute cette histoire... Je compte sur vous, n'est-ce pas ? »

Et Lupin retournait là-bas. Il y retournait comme un automate, parce qu'on lui avait ordonné d'agir ainsi, et qu'il n'avait plus de volonté par lui-même.

Des heures, il attendit à la gare. Machinalement il mangea, prit son billet et s'installa dans un compartiment.

Il dormit mal, la tête brûlante, avec des cauchemars et avec des intervalles d'éveil confus où il cherchait à comprendre pourquoi Massier ne s'était pas défendu.

« C'était un fou... sûrement... un demi-fou... Il l'a connue autrefois... et elle a empoisonné sa vie... elle l'a détraqué... Alors, autant mourir... Pourquoi se défendre ? »

L'explication ne le satisfaisait qu'à moitié, et il se promettait bien, un jour ou l'autre, d'éclaircir cette énigme et de savoir le rôle exact que Massier avait tenu dans l'existence de Dolorès. Mais qu'importait pour l'instant ! Un seul fait apparaissait nettement : la folie de Massier, et il se répétait avec obstination :

« C'était un fou... ce Massier était certainement fou. D'ailleurs, tous ces Massier, une famille de fous... »

Il délirait, embrouillant les noms, le cerveau affaibli.

Mais, en descendant à la gare de Bruggen, il eut, au grand air frais du matin, un sursaut de conscience. Brusquement les choses prenaient un autre aspect. Et il s'écria :

« Eh ! tant pis, après tout ! il n'avait qu'à protester... Je ne suis responsable de rien... c'est lui qui s'est suicidé... Ce n'est qu'un comparse dans l'aventure... Il succombe... Je le regrette... Mais quoi ! »

Le besoin d'agir l'enivrait de nouveau. Et, bien que blessé, torturé par ce crime dont il se savait malgré tout l'auteur, il regardait cependant vers l'avenir.

« Ce sont les accidents de la guerre. N'y pensons pas. Rien n'est perdu. Au contraire ! Dolorès était l'écueil, puisque Pierre Leduc l'aimait. Dolorès est morte. Donc Pierre Leduc m'appartient. Et il épousera Geneviève, comme je l'ai décidé ! Et il régnera ! Et je serai le maître ! Et l'Europe, l'Europe est à moi ! »

Il s'exaltait, rasséréné, plein d'une confiance subite, tout fiévreux, gesticulant sur la route, faisant des moulinets avec une épée imaginaire, l'épée du chef qui veut, qui ordonne, et qui triomphe.

« Lupin, tu seras roi ! Tu seras roi, Arsène Lupin. »

Au village de Bruggen, il s'informa et apprit que Pierre Leduc avait déjeuné la veille à l'auberge. Depuis, on ne l'avait pas vu.

« Comment, dit Lupin, il n'a pas couché ?

— Non.

— Mais où est-il parti après son déjeuner ?

— Sur la route du château. »

Lupin s'en alla, assez étonné. Il avait pourtant prescrit au jeune homme de fermer les portes et de ne plus revenir après le départ des domestiques.

Tout de suite il eut la preuve que Pierre lui avait désobéi : la grille était ouverte.

Il entra, parcourut le château, appela. Aucune réponse.

Soudain, il pensa au chalet. Qui sait ! Pierre Leduc, en peine de celle qu'il aimait, et dirigé par une intuition, avait peut-être cherché de ce côté. Et le cadavre de Dolorès était là !

Très inquiet, Lupin se mit à courir.

A première vue, il ne semblait y avoir personne au chalet.

« Pierre ! Pierre ! » cria-t-il.

N'entendant pas de bruit, il pénétra dans le vestibule et dans la chambre qu'il avait occupée.

Il s'arrêta, cloué sur le seuil.

Au-dessus du cadavre de Dolorès, Pierre Leduc pendait, une corde au cou, mort.

III

Impassible, Lupin se contracta des pieds à la tête. Il ne voulait pas s'abandonner à un geste de désespoir. Il ne voulait pas prononcer une seule parole de violence. Après les coups atroces que la destinée lui assenait, après les crimes et la mort de Dolorès, après l'exécution de Massier, après tant de convulsions et de catastrophes, il sentait la nécessité absolue de conserver sur lui-même tout son empire. Sinon, sa raison sombrait...

« Idiot, fit-il en montrant le poing à Pierre Leduc... triple idiot, tu ne pouvais pas attendre ? Avant dix ans, nous reprenions l'Alsace-Lorraine. »

Par diversion, il cherchait des mots à dire, des attitudes, mais ses idées lui échappaient, et son crâne lui semblait près d'éclater.

« Ah ! non, non, s'écria-t-il, pas de ça, Lisette ! Lupin, fou, lui aussi ! Ah ! non, mon petit ! Flanque-toi une balle dans la tête si ça t'amuse, soit, et, au fond, je ne vois pas d'autre dénouement possible. Mais Lupin gaga, en petite voiture, ça, non ! En beauté, mon bonhomme, finis en beauté ! »

Il marchait en frappant du pied et en levant les genoux très haut, comme font certains acteurs pour simuler la folie. Et il proférait :

« Crânons, mon vieux, crânons, les dieux te contemplent. Le nez en l'air ! et de l'estomac, crebleu ! du plastron ! Tout s'écroule autour de toi !... Qu'èque ça t'fiche ? C'est le désastre, rien ne va plus, un royaume à l'eau, je perds l'Europe, l'univers s'évapore ?.... Eh ben, après ? Rigole donc ! Sois Lupin, ou

t'es dans le lac... Allons, rigole ! Plus fort que ça... A la
bonne heure... Dieu que c'est drôle ! Dolorès, une cigarette, ma vieille ! »

Il se baissa avec un ricanement, toucha le visage de
la morte, vacilla un instant et tomba sans connaissance.

Au bout d'une heure il se releva. La crise était finie,
et, maître de lui, ses nerfs détendus, sérieux et taciturne, il examinait la situation.

Il sentait le moment venu des décisions irrévoca-
bles. Son existence s'était brisée net, en quelques
jours, sous l'assaut de catastrophes imprévues, se
ruant les unes après les autres à la minute même où il
croyait son triomphe assuré. Qu'allait-il faire ?
Recommencer ? Reconstruire ? Il n'en avait pas le
courage. Alors ?

Toute la matinée il erra dans le parc, promenade
tragique où la situation lui apparut en ses moindres
détails et où, peu à peu, l'idée de la mort s'imposait à
lui avec une rigueur inflexible.

Mais, qu'il se tuât ou qu'il vécût, il y avait tout
d'abord une série d'actes précis qu'il lui fallait accom-
plir. Et ces actes, son cerveau, soudain apaisé, les
voyait clairement.

L'horloge de l'église sonna l'*Angelus* de midi.

« A l'œuvre, dit-il, et sans défaillance. »

Il revint vers le chalet, très calme, rentra dans sa
chambre, monta sur un escabeau, et coupa la corde
qui retenait Pierre Leduc.

« Pauvre diable, dit-il, tu devais finir ainsi, une cravate de chanvre au cou. Hélas ! Tu n'étais pas fait pour
les grandeurs... J'aurais dû prévoir ça, et ne pas attacher ma fortune à un faiseur de rimes. »

Il fouilla les vêtements du jeune homme et n'y
trouva rien. Mais, se rappelant le second portefeuille
de Dolorès, il le prit dans la poche où il l'avait laissé.

Il eut un mouvement de surprise. Le portefeuille
contenait un paquet de lettres dont l'aspect lui était
familier, et dont il reconnut aussitôt les écritures
diverses.

« Les lettres de l'Empereur ! murmura-t-il. Les lettres au vieux chancelier !... tout le paquet que j'ai repris moi-même chez Léon Massier et que j'ai donné au comte de Waldemar... Comment se fait-il ?... Est-ce qu'elle l'avait repris à son tour à ce crétin de Waldemar ? »

Et, tout à coup, se frappant le front :

« Eh non, le crétin, c'est moi. Ce sont les vraies lettres, celles-là ! Elle les avait gardées pour faire chanter l'Empereur au bon moment. Et les autres, celles que j'ai rendues, sont fausses, copiées par elle évidemment, ou par un complice, et mises à ma portée... Et j'ai coupé dans le pont, comme un bleu ! Fichtre, quand les femmes s'en mêlent... »

Il n'y avait plus qu'un carton dans le portefeuille, une photographie. Il regarda. C'était la sienne.

« Deux photographies... Massier et moi... ceux qu'elle aima le plus sans doute... Car elle m'aimait... Amour bizarre, fait d'admiration pour l'aventurier que je suis, pour l'homme qui démolissait à lui seul les sept bandits qu'elle avait chargés de m'assommer. Amour étrange ! je l'ai senti palpiter en elle l'autre jour quand j'ai dit mon grand rêve de toute-puissance ! Là, vraiment, elle eut l'idée de sacrifier Pierre Leduc et de soumettre son rêve au mien. S'il n'y avait pas eu l'incident du miroir, elle était domptée. Mais elle eut peur. Je touchais à la vérité. Pour son salut, il fallait ma mort, et elle s'y décida. »

Plusieurs fois, il répéta pensivement :

« Et pourtant, elle m'aimait... Oui, elle m'aimait, comme d'autres m'ont aimé... d'autres à qui j'ai porté malheur aussi... Hélas ! toutes celles qui m'aiment meurent... Et celle-là meurt aussi, étranglée par moi... A quoi bon vivre ?... »

A voix basse, il redit :

« A quoi bon vivre ? Ne vaut-il pas mieux les rejoindre, toutes ces femmes qui m'ont aimé ?... et qui sont mortes de leur amour, Sonia, Raymonde, Clotilde Destange, miss Clarke ?... »

Il étendit les deux cadavres l'un près de l'autre, les recouvrit d'un même voile, s'assit devant une table et écrivit :

« *J'ai triomphé de tout : et je suis vaincu. J'arrive au but et je tombe. Le destin est plus fort que moi... Et celle que j'aimais n'est plus. Je meurs aussi.* »

Et il signa : *Arsène Lupin.*

Il cacheta la lettre et l'introduisit dans un flacon qu'il jeta par la fenêtre, sur la terre molle d'une plate-bande.

Ensuite il fit un grand tas sur le parquet avec de vieux journaux, de la paille et des copeaux qu'il alla chercher dans la cuisine.

Là-dessus il versa du pétrole.

Puis il alluma une bougie qu'il jeta parmi les copeaux.

Tout de suite, une flamme courut, et d'autres flammes jaillirent, rapides, ardentes, crépitantes.

« En route, dit Lupin, le chalet est en bois : ça va flamber comme une allumette. Et quand on arrivera du village, le temps de forcer les grilles, de courir jusqu'à cette extrémité du parc... trop tard ! On trouvera des cendres, deux cadavres calcinés, et, près de là, dans une bouteille, mon billet de faire-part... Adieu Lupin ! Bonnes gens, enterrez-moi sans cérémonie.... Le corbillard des pauvres... Ni fleurs, ni couronnes... Une humble croix, et cette épitaphe:

CI-GÎT
ARSÈNE LUPIN, AVENTURIER

Il gagna le mur d'enceinte, l'escalada et, se retournant, aperçut les flammes qui tourbillonnaient dans le ciel...

Il s'en revint à pied vers Paris, errant, le désespoir au cœur, courbé par le destin.

Et les paysans s'étonnaient de voir ce voyageur qui payait ses repas de trente sous avec des billets de banque.

Trois voleurs de grand chemin l'attaquèrent, un

soir, en pleine forêt. A coups de bâton, il les laissa quasi morts sur place...

Il passa huit jours dans une auberge. Il ne savait où aller... Que faire ? A quoi se raccrocher ? La vie le lassait. Il ne voulait plus vivre... il ne voulait plus vivre...

« C'est toi ! »

Mme Ernemont, dans la petite pièce de la villa de Garches, se tenait debout, tremblante, effarée, livide, les yeux grands ouverts sur l'apparition qui se dressait en face d'elle.

Lupin !... Lupin était là !

« Toi ! dit-elle... Toi !... Mais les journaux ont raconté... »

Il sourit tristement.

« Oui, je suis mort.

— Eh bien..., eh bien..., dit-elle naïvement...

— Tu veux dire que, si je suis mort, je n'ai rien à faire ici. Crois bien que j'ai des raisons sérieuses, Victoire.

— Comme tu as changé ! fit-elle avec compassion.

— Quelques légères déceptions... Mais c'est fini. Ecoute, Geneviève est là ? »

Elle bondit sur lui, subitement furieuse.

« Tu vas la laisser, hein ? Ah ! mais cette fois, je ne la lâche plus. Elle est revenue fatiguée, toute pâlie, inquiète, et c'est à peine si elle retrouve ses belles couleurs. Tu la laisseras, je te le jure. »

Il appuya fortement sa main sur l'épaule de la vieille femme.

« Je *veux*... tu entends... je *veux* lui parler.

— Non.

— Je lui parlerai.

— Non. »

Il la bouscula. Elle se remit d'aplomb, et, les bras croisés :

« Tu me passerais plutôt sur le corps, vois-tu. Le bonheur de la petite est ici, pas ailleurs... Avec toutes tes idées d'argent et de noblesse, tu la rendrais malheureuse. Et ça, non. Qu'est-ce que c'est que ton Pierre

Leduc ? et ton Veldenz ? Geneviève, duchesse ! Tu es fou. Ce n'est pas sa vie. Au fond, vois-tu, tu n'as pensé qu'à toi là-dedans. C'est ton pouvoir, ta fortune que tu voulais. La petite, tu t'en moques. T'es-tu seulement demandé si elle l'aimait, ton sacripant de grand-duc ? T'es-tu seulement demandé si elle aimait quelqu'un ? Non, tu as poursuivi ton but, voilà tout, au risque de blesser Geneviève, et de la rendre malheureuse pour le reste de sa vie. Eh bien, je ne veux pas. Ce qu'il lui faut, c'est une existence simple, honnête, et celle-là tu ne peux pas la lui donner. Alors, que viens-tu faire ? »

Il parut ébranlé, mais tout de même, la voix basse, avec une grande tristesse, il murmura :

« Il est impossible que je ne la voie plus jamais. Il est impossible que je ne lui parle pas...

— Elle te croit mort.

— C'est cela que je ne veux pas ! Je veux qu'elle sache la vérité. C'est une torture de songer qu'elle pense à moi comme à quelqu'un qui n'est plus. Amène-la, Victoire. »

Il parlait d'une voix si douce, si désolée, qu'elle fut tout attendrie, et lui demanda :

« Ecoute... avant tout, je veux savoir. Ça dépendra de ce que tu as à lui dire... Sois franc, mon petit... Qu'est-ce que tu lui veux, à Geneviève ? »

Il prononça gravement :

« Je veux lui dire ceci : « Geneviève, j'avais promis à ta mère de te donner la fortune, la puissance, une vie de contes de fée. Et ce jour-là, mon but atteint, je t'aurais demandé une petite place, pas bien loin de toi. Heureuse et riche, tu aurais oublié, oui, j'en suis sûr, tu aurais oublié ce que je suis, ou plutôt ce que j'étais. Par malheur, le destin est plus fort que moi. Je ne t'apporte ni la fortune, ni la puissance. Je ne t'apporte rien. Et c'est moi au contraire qui ai besoin de toi. Geneviève, peux-tu m'aider ? »

— A quoi ? fit la vieille femme anxieuse.

— A vivre...

— Oh ! dit-elle, tu en es là, mon pauvre petit...

— Oui, répondit-il simplement, sans douleur affectée... oui, j'en suis là. Trois êtres viennent de mourir, que j'ai tués, que j'ai tués de mes mains. Le poids du souvenir est trop lourd. Je suis seul. Pour la première fois de mon existence, j'ai besoin de secours. J'ai le droit de demander ce secours à Geneviève. Et son devoir est de me l'accorder... Sinon ?...

— Tout est fini. »

La vieille femme se tut, pâle et frémissante. Elle retrouvait toute son affection pour celui qu'elle avait nourri de son lait, jadis, et qui restait encore et malgré tout « son petit ». Elle demanda :

« Qu'est-ce que tu feras d'elle ?

— Nous voyagerons... Avec toi, si tu veux nous suivre...

— Mais tu oublies... tu oublies...

— Quoi ?

— Ton passé...

— Elle l'oubliera aussi. Elle comprendra que je ne suis plus cela, et que je ne peux plus l'être.

— Alors, vraiment, ce que tu veux, c'est qu'elle partage ta vie, la vie de Lupin ?

— La vie de l'homme que je serai, de l'homme qui travaillera pour qu'elle soit heureuse, pour qu'elle se marie selon ses goûts. On s'installera dans quelque coin du monde. On luttera ensemble, l'un près de l'autre. Et tu sais ce dont je suis capable... »

Elle répéta lentement, les yeux fixés sur lui :

« Alors, vraiment, tu veux qu'elle partage la vie de Lupin ? »

Il hésita une seconde, à peine une seconde et affirma nettement :

« Oui, oui, je le veux, c'est mon droit.

— Tu veux qu'elle abandonne tous les enfants auxquels elle s'est dévouée, toute cette existence de travail qu'elle aime et qui lui est nécessaire ?

— Oui, je le veux, c'est son devoir. »

La vieille femme ouvrit la fenêtre et dit :

« En ce cas, appelle-la. »

Geneviève était dans le jardin, assise sur un banc. Quatre petites filles se pressaient autour d'elle. D'autres jouaient et couraient.

Il la voyait de face. Il voyait ses yeux souriants et graves. Une fleur à la main, elle détachait un à un les pétales et donnait des explications aux enfants attentives et curieuses. Puis elle les interrogeait. Et chaque réponse valait à l'élève la récompense d'un baiser.

Lupin la regarda longtemps avec une émotion et une angoisse infinies. Tout un levain de sentiments ignorés fermentait en lui. Il avait une envie de serrer cette belle jeune fille contre lui, de l'embrasser, et de lui dire son respect et son affection. Il se souvenait de la mère, morte au petit village d'Aspremont, morte de chagrin...

« Appelle-la donc », reprit Victoire.

Il s'écroula sur un fauteuil en balbutiant :

« Je ne peux pas... Je ne peux pas... Je n'ai pas le droit... C'est impossible... Qu'elle me croie mort... Ça vaut mieux... »

Il pleurait, secoué de sanglots, bouleversé par un désespoir immense, gonflé d'une tendresse qui se levait en lui, comme ces fleurs tardives qui meurent le jour même où elles éclosent.

La vieille s'agenouilla, et, d'une voix tremblante :

« C'est ta fille, n'est-ce pas ?

— Oui, c'est ma fille.

— Oh ! mon pauvre petit, dit-elle en pleurant, mon pauvre petit !... »

ÉPILOGUE

LE SUICIDE

I

« A cheval », dit l'Empereur.

Il se reprit :

« A âne plutôt, fit-il en voyant le magnifique baudet qu'on lui amenait. Waldemar, es-tu sûr que cet animal soit docile ?

— J'en réponds comme de moi-même, Sire, affirma le comte.

— En ce cas, je suis tranquille », dit l'Empereur en riant.

Et, se retournant vers son escorte d'officiers :

« Messieurs, à cheval. »

Il y avait là, sur la place principale du village de Capri, toute une foule que contenaient des carabiniers italiens, et, au milieu, tous les ânes du pays réquisitionnés pour faire visiter à l'Empereur l'île merveilleuse.

« Waldemar, dit l'Empereur, en prenant la tête de la caravane, nous commençons par quoi ?

— Par la villa de Tibère, Sire. »

On passa sous une porte, puis on suivit un chemin mal pavé qui s'élève peu à peu sur le promontoire oriental de l'île.

L'Empereur était de mauvaise humeur et se moquait du colossal comte de Waldemar dont les pieds touchaient terre, de chaque côté du malheureux âne qu'il écrasait.

Au bout de trois quarts d'heure, on arriva d'abord au Saut-de-Tibère, rocher prodigieux, haut de trois cents mètres, d'où le tyran précipitait ses victimes à la mer...

L'Empereur descendit, s'approcha de la balustrade, et jeta un coup d'œil sur le gouffre. Puis il voulut marcher à pied jusqu'aux ruines de la villa de Tibère, où il se promena parmi les salles et les corridors écroulés.

Il s'arrêta un instant.

La vue était magnifique sur la pointe de Sorrente et sur toute l'île de Capri. Le bleu ardent de la mer dessinait la courbe admirable du golfe, et les odeurs fraîches se mêlaient au parfum des citronniers.

« Sire, dit Waldemar, c'est encore plus beau, de la petite chapelle de l'ermite, qui est au sommet.

— Allons-y. »

Mais l'ermite descendait lui-même, le long d'un sentier abrupt. C'était un vieillard, à la marche hésitante, au dos voûté. Il portait le registre où les voyageurs inscrivaient d'ordinaire leurs impressions.

Il installa ce registre sur un banc de pierre.

« Que dois-je écrire ? dit l'Empereur.

— Votre nom, Sire, et la date de votre passage... et ce qu'il vous plaira. »

L'Empereur prit la plume que lui tendait l'ermite et se baissa.

« Attention, Sire, attention ! »

Des hurlements de frayeur... un grand fracas du côté de la chapelle... l'Empereur se retourna. Il eut la vision d'un rocher énorme qui roulait en trombe au-dessus de lui.

Au même moment il était empoigné à bras-le-corps par l'ermite et projeté à dix mètres de distance.

Le rocher vint se heurter au banc de pierre devant lequel se tenait l'Empereur un quart de seconde auparavant, et brisa le banc en morceaux.

Sans l'intervention de l'ermite, l'Empereur était perdu.

Il lui tendit la main, et dit simplement :

« Merci. »

Les officiers s'empressaient autour de lui.

« Ce n'est rien, messieurs... Nous en serons quitte pour la peur... mais une jolie peur, je l'avoue... Tout de même, sans l'intervention de ce brave homme... »

Et, se rapprochant de l'ermite :

« Votre nom, mon ami ? »

L'ermite avait gardé son capuchon. Il l'écarta un peu, et tout bas, de façon à n'être entendu que de son interlocuteur, il dit :

« Le nom d'un homme qui est très heureux que vous lui ayez donné la main, Sire. »

L'Empereur tressaillit et recula.

Puis, se dominant aussitôt :

« Messieurs, dit-il aux officiers, je vous demanderai de monter jusqu'à la chapelle. D'autres rocs peuvent se détacher, et il serait peut-être prudent de prévenir les autorités du pays. Vous me rejoindrez ensuite. J'ai à remercier ce brave homme. »

Il s'éloigna, accompagné de l'ermite. Et quand ils furent seuls, il dit :

« Vous ! Pourquoi ?

— J'avais à vous parler, Sire. Une demande d'audience... me l'auriez-vous accordée ? J'ai préféré agir directement, et je pensais me faire reconnaître pendant que Votre Majesté signait le registre... quand ce stupide accident...

— Bref ? dit l'Empereur.

— Les lettres que Waldemar vous a remises de ma part, Sire, ces lettres sont fausses. »

L'Empereur eut un geste de vive contrariété.

« Fausses ? Vous en êtes certain ?

— Absolument, Sire.

— Pourtant, ce Malreich.

— Le coupable n'était pas Malreich.

— Qui, alors ?

— Je demande à Votre Majesté de considérer ma réponse comme secrète. Le vrai coupable était Mme Kesselbach.

— La femme même de Kesselbach ?

— Oui, Sire. Elle est morte maintenant. C'est elle

qui avait fait ou fait faire les copies qui sont en votre possession. Elle gardait les vraies lettres.

— Mais où sont-elles ? s'écria l'Empereur. C'est là l'important ! Il faut les retrouver à tout prix ! J'attache à ces lettres une valeur considérable...

— Les voilà, Sire. »

L'Empereur eut un moment de stupéfaction. Il regarda Lupin, il regarda les lettres, leva de nouveau les yeux sur Lupin, puis empocha le paquet sans l'examiner.

Evidemment, cet homme, une fois de plus, le déconcertait. D'où venait donc ce bandit qui, possédant une arme aussi terrible, la livrait de la sorte, généreusement, sans condition ? Il lui eût été si simple de garder les lettres et d'en user à sa guise ! Non, il avait promis. Il tenait sa parole.

Et l'Empereur songeait à toutes les choses étonnantes que cet homme avait accomplies.

Il lui dit :

« Les journaux ont donné la nouvelle de votre mort...

— Oui, Sire. En réalité, je suis mort. Et la justice de mon pays, heureuse de se débarrasser de moi, a fait enterrer les restes calcinés et méconnaissables de mon cadavre.

— Alors, vous êtes libre ?

— Comme je l'ai toujours été.

— Plus rien ne vous attache à rien ?...

— Plus rien.

— En ce cas... »

L'Empereur hésita, puis, nettement :

« En ce cas, entrez à mon service. Je vous offre le commandement de ma police personnelle. Vous serez le maître absolu. Vous aurez tous pouvoirs, même sur l'autre police.

— Non, Sire.

— Pourquoi ;

— Je suis français. »

Il y eut un silence. La réponse déplaisait à l'Empereur. Il dit :

« Cependant, puisque aucun lien ne vous attache plus...

— Celui-là ne peut pas se dénouer, Sire. »

Et il ajouta en riant :

« Je suis mort comme homme, mais vivant comme Français. Je m'étonne que Votre Majesté ne comprenne pas. »

L'Empereur fit quelques pas de droite et de gauche. Et il reprit :

« Je voudrais pourtant m'acquitter. J'ai su que les négociations pour le grand-duché de Veldenz étaient rompues.

— Oui, Sire. Pierre Leduc était un imposteur. Il est mort.

— Que puis-je faire pour vous ? Vous m'avez rendu ces lettres... Vous m'avez sauvé la vie... Que puis-je faire ?

— Rien, Sire.

— Vous tenez à ce que je reste votre débiteur ?

— Oui, Sire. »

L'Empereur regarda une dernière fois cet homme étrange qui se posait devant lui en égal. Puis il inclina légèrement la tête et, sans un mot de plus, s'éloigna.

« Eh ! la Majesté, je t'en ai bouché un coin », dit Lupin en le suivant des yeux.

Et, philosophiquement :

« Certes, la revanche est mince, et j'aurais mieux aimé reprendre l'Alsace-Lorraine... Mais, tout de même... »

Il s'interrompit et frappa du pied.

« Sacré Lupin ! tu seras donc toujours le même, jusqu'à la minute suprême de ton existence, odieux et cynique ! De la gravité, bon sang ! l'heure est venue, ou jamais, d'être grave ! »

Il escalada le sentier qui conduisait à la chapelle et s'arrêta devant l'endroit d'où le roc s'était détaché.

Il se mit à rire.

« L'ouvrage était bien fait, et les officiers de Sa Majesté n'y ont vu que du feu. Mais comment auraient-ils pu deviner que c'est moi-même qui ai travaillé ce roc, que, à la dernière seconde, j'ai donné un coup de pioche définitif, et que ledit roc a roulé suivant le chemin que j'avais tracé entre lui... et un Empereur dont je tenais à sauver la vie ? »

Il soupira :

« Ah ! Lupin, que tu es compliqué ! Tout cela parce que tu avais juré que cette Majesté te donnerait la main ! Te voilà bien avancé... "La main d'un empereur n'a pas plus de cinq doigts", comme eût dit Victor Hugo. »

Il entra dans la chapelle et ouvrit, avec une clef spéciale, la porte basse d'une petite sacristie.

Sur un tas de paille gisait un homme, les mains et les jambes liées, un bâillon à la bouche

« Eh bien, l'ermite, dit Lupin, ça n'a pas été trop long, n'est-ce pas ? Vingt-quatre heures au plus... Mais ce que j'ai bien travaillé pour ton compte ! Figure-toi que tu viens de sauver la vie de l'Empereur... Oui, mon vieux. Tu es l'homme qui a sauvé la vie de l'Empereur. C'est la fortune. On va te construire une cathédrale et t'élever une statue... jusqu'au jour où l'on te maudira... Ça peut faire tant de mal, les individus de cette sorte !... surtout celui-là à qui l'orgueil finira par tourner la tête. Tiens, l'ermite, prends tes habits. »

Abasourdi, presque mort de faim, l'ermite se releva en titubant.

Lupin se rhabilla vivement et lui dit :

« Adieu, digne vieillard. Excuse-moi pour tous ces petits tracas. Et prie pour moi. Je vais en avoir besoin. L'éternité m'ouvre ses portes toutes grandes. Adieu ! »

Il resta quelques secondes sur le seuil de la chapelle. C'était l'instant solennel où l'on hésite, malgré tout, devant le terrible dénouement. Mais sa résolution était irrévocable et, sans plus réfléchir, il s'élança, redescendit la pente en courant, traversa la plateforme du Saut-de-Tibère et enjamba la balustrade.

« Lupin, je te donne trois minutes pour cabotiner. A quoi bon ? diras-tu, il n'y a personne... Et toi, tu n'es donc pas là ? Ne peux-tu jouer ta dernière comédie

pour toi-même ? Bigre, le spectacle en vaut la peine...
Arsène Lupin, pièce héroï-comique en quatre-vingts
tableaux... La toile se lève sur le tableau de la mort... et
le rôle est tenu par Lupin en personne... Bravo,
Lupin !... Touchez mon cœur, mesdames et messieurs... soixante-dix pulsations à la minute... Et le
sourire aux lèvres ! Bravo ! Lupin ! Ah ! le drôle, en
a-t-il du panache ! Eh ! bien, saute marquis... Tu es
prêt ? C'est l'aventure suprême, mon bonhomme. Pas
de regrets ? Des regrets ? Et pourquoi, mon Dieu ! Ma
vie fut magnifique. Ah ! Dolorès ! si tu n'étais pas
venue, monstre abominable ! Et toi, Malreich, pourquoi n'as-tu pas parlé ?... Et toi, Pierre Leduc... Me
voici !... Mes trois morts, je vais vous rejoindre... Oh !
ma Geneviève, ma chère Geneviève... Ah ! çà, mais
est-ce fini, vieux cabot ?... Voilà ! Voilà ! j'accours... »

Il passa l'autre jambe, regarda au fond du gouffre la
mer immobile et sombre, et relevant la tête :

« Adieu, nature immortelle et bénie ! *Moriturus te
salutat* ! Adieu, tout ce qui est beau ! Adieu, splendeur
des choses ! Adieu, la vie ! »

Il jeta des baisers à l'espace, au ciel, au soleil... Et,
croisant les bras, il sauta.

II

Sidi-bel-Abbès. La caserne de la Légion étrangère. Près de la salle des rapports, une petite pièce basse où un adjudant fume et lit son journal.

A côté de lui, près de la fenêtre ouverte sur la cour, deux grands diables de sous-offs jargonnent un français rauque, mêlé d'expressions germaniques.

La porte s'ouvrit. Quelqu'un entra. C'était un homme mince, de taille moyenne, élégamment vêtu.

L'adjudant se leva, de mauvaise humeur contre l'intrus, et grogna :

« Ah ! çà, que fiche donc le planton de garde ?... Et vous, monsieur, que voulez-vous ?

— Du service. »

Cela fut dit nettement, impérieusement.

Les deux sous-offs eurent un rire niais. L'homme les regarda de travers.

« En deux mots, vous voulez vous engager à la Légion ? demanda l'adjudant.

— Oui, je le veux, mais à une condition.

— Des conditions, fichtre ! Et laquelle ?

— C'est de ne pas moisir ici. Il y a une compagnie qui part pour le Maroc. J'en suis. »

L'un des sous-offs ricana de nouveau, et on l'entendit qui disait :

« Les Marocains vont passer un fichu quart d'heure. Monsieur s'engage...

— Silence ! cria l'homme, je n'aime pas qu'on se moque de moi. »

Le ton était sec et autoritaire.

Le sous-off, un géant, l'air d'une brute, riposta :

« Eh ! le bleu, faudrait me parler autrement... Sans quoi...

— Sans quoi ?

— On verrait comment je m'appelle... »

L'homme s'approcha de lui, le saisit par la taille, le fit basculer sur le rebord de la fenêtre et le jeta dans la cour

Puis il dit à l'autre :

« A ton tour. Va-t'en. »

L'autre s'en alla.

L'homme revint aussitôt vers l'adjudant et lui dit :

« Mon lieutenant, je vous prie de prévenir le major que don Luis Perenna, grand d'Espagne et Français de cœur, désire prendre du service dans la Légion étrangère. Allez, mon ami. »

L'autre ne bougeait pas, confondu.

« Allez, mon ami, et tout de suite, je n'ai pas de temps à perdre. »

L'adjudant se leva, considéra d'un œil ahuri ce stupéfiant personnage, et, le plus docilement du monde, sortit.

Alors, Lupin prit une cigarette, l'alluma et, à haute voix, tout en s'asseyant à la place de l'adjudant, il précisa :

« Puisque la mer n'a pas voulu de moi, ou plutôt puisque, au dernier moment, je n'ai pas voulu de la mer, nous allons voir si les balles des Marocains sont plus compatissantes. Et puis, tout de même, ce sera plus chic... Face à l'ennemi, Lupin, et pour la France !... »

Table

Santé-Palace. 5
Une page de l'histoire moderne. 37
La grande combinaison de Lupin. 53
Charlemagne. 71
Les lettres de l'Empereur. 87
Les sept bandits. 117
L'homme noir. 143
La carte de l'Europe. 167
La tueuse. 191

Épilogue : Le suicide. 215

Le Livre de Poche s'engage pour
l'environnement en réduisant
l'empreinte carbone de ses livres.
Celle de cet exemplaire est de :

400 g éq. CO$_2$

PAPIER À BASE DE   Rendez-vous sur
FIBRES CERTIFIÉES   www.livredepoche-durable.fr

Composition réalisée par JOUVE

Achevé d'imprimer en février 2021 en Espagne par
Liberdúplex – 08791 Sant Llorenç d'Hortons
Dépôt légal 1re publication : février 1997
Édition 14 – février 2021
LIBRAIRIE GÉNÉRALE FRANÇAISE – 21, rue du Montparnasse – 75298 Paris Cedex 06

30/4061/5